천마사냥꾼

운경 현대 판타지 장편소설

WISHBOOKS MODERN FANTASY STORY

천마사냥꾼 4

운경 현대 판타지 장편소설

초판 1쇄 찍은 날 | 2017년 10월 20일
초판 1쇄 펴낸 날 | 2017년 10월 27일

지은이 | 운경
펴낸이 | 예경원

기획 | 위시북스
편집책임 | 이규재
편집 | 이즈플러스

펴낸곳 | 예원북스
등록번호 | 제396-2012-000132호
등록일자 | 2012. 7. 25
KFN | 제1-167호

주소 | 경기도 고양시 일산동구 호수로 646-24 위너스21 II 빌딩 206A호 (우)10401
전화 | 031-819-9431 팩스 | 031-817-9432
E-mail | yewonbooks@naver.com

ISBN 979-11-6098-585-6 04810
979-11-6098-441-5 (set)

※ 이 도서의 국립중앙도서관 출판시도서목록(CIP)은 서지정보유통지원시스템 홈페이지(http://seoji.nl.go.kr)와 국가자료공동목록시스템(http://www.nl.go.kr/kolisnet)에서 이용하실 수 있습니다.

천마사냥꾼

운경 현대 판타지 장편소설

WISHBOOKS MODERN FANTASY STORY

4

천마사냥꾼

CONTENTS

제12장
라디오 액티브(2)

5

'딱히 끌리질 않아.'

적시운은 마음속으로 중얼거렸다.

그녀가 상당히 매력적이라는 점은 인정해야 할 것이다. 하지만 그것과 별개로 특정한 의도를 가지고서 자신에게 접근했다는 사실 자체가 마음에 들지 않았다.

'뭔가를 받기 위해 다른 뭔가를 준다. 그런 건 마음에 안 들어.'

[훌륭한 자세로군. 바로 그거야.]

천마가 기쁜 듯이 말했다.

[자고로 절세지존의 자리에 오를 사내라면 그 정도 패기는 있어야겠지. 뭔가를 쥐야 할지 고민할 것 없이 그저 힘으로 뺏어버리면 그만인 법. 그런 긍정적인 자세가 필수라네.]

'지금 무슨 소릴 하는 거야?'

[그 처자와 담판 따윌 짓지 않겠다는 것 아닌가? 하지만 그 처자가 자네에게 도움이 될 가능성은 충분히 있지 않겠나?]

'그건…… 그럴지도.'

[그러니 힘으로 짓누르고 쟁취하면 그만이라는 걸세.]

'…….'

솔직히 구미가 당기지 않는다고 할 수는 없었다.

어쨌든 그녀는 적시운의 정체를 유추해 냈고 적시운이 시타델과 험악한 관계라는 것도 알고 있었으니 어느 정도 능력이 있다고 봐야 할 것이다.

하지만 역시 내키지 않았다.

'뭐, 이미 늦어버리기도 했고.'

[음?]

'쪽지를 받은 지 열흘이나 지나 버렸잖아. 퇴짜 맞았다고 생각하기엔 충분한 시간 아니겠어?'

적시운은 자리를 털고 일어났다.

비상식량은 탁자에 놓인 카탈로그를 질겅거리고 있었다. 그리 날카롭지 않은 이빨인데도 코팅된 겉면이 너덜너덜해진 뒤였다.

적시운이 카탈로그를 들어 올리니 녀석도 버둥거리며 딸려 올라왔다.

"이젠 염소 흉내까지 내려는 거냐. 종이까지 먹게?"

그르릉?

혀를 찬 적시운이 남은 육포 조각을 멀리 던졌다.

비상식량은 언제 그랬냐는 듯 카탈로그에서 떨어져선 육포를 향해 달려갔다.

"정말 저 녀석 때문에 식량이 바닥나게 될지도 모르겠는걸."

[그러면 이름대로 처리해 버리면 되지 않겠나?]

별것 아닌 말인데도 적시운은 픽 웃음이 나왔다.

"우선은 작센을 만나봐야겠어."

[괜찮겠나? 그 처자에게 자네 정체를 떠벌린 게 그자일지도 모르는데.]

"정말 그런지 확인해 봐야지. 만약 내 정보를 여기저기 떠벌린 거라면……."

적시운의 얼굴에서 웃음기가 사라졌다.

"대가를 치르게 해야 할 테고."

"으음, 그러니까 공대장님의 말씀은……."

아티샤가 시선을 슬쩍 돌려 눈치를 살폈다.

왁자지껄한 술집의 한구석. 근신 처분을 받은 네 사람이 둥근 테이블을 사이에 둔 채 앉아 있었다.

밀리아는 생각에 잠긴 채 팔짱을 끼고 있었기에 아티샤의 말을 받는 것은 그렉의 몫이 됐다.

"우리가 개털이 됐다는 거군."

"아, 그래요. 저도 그 말이 하고 싶었어요."

헨리에타는 쓴웃음을 지었다.

"미안해. 세 사람의 급료는 내 사비로 충당할게."

"그럴 필요 없어!"

밀리아가 소리치는 통에 그렉이 눈살을 찌푸렸다.

"네가 찾으려 하는 남자, 저번에 그 녀석이지? 마스터 브레인에게 당한 우리를 구해준 남자."

"응, 그리고 아마도……."

"커럽티드 울프 토벌 때도 우리를 구해준 사람일 거다."

그렉의 말에 밀리아와 아티샤가 멍한 얼굴을 했다.

"어?"

"저, 그렇다면 그 두 사람이 동일인이라는 건가요?"

케르베로스 제3공격대를 전멸 직전까지 몰고 간 마수, 엘리트 레벨 커럽티드 울프. 통칭 늑대들의 왕.

놈이 갑작스레 전장을 이탈하지 않았다면 서른 명이 넘는 공대원이 그 자리에 뼈를 묻어야 했을 것이다.

그때 사라졌던 왕은 3층에서 사체로 발견됐다. 장대한 규모의 전투가 있었던 듯 3층과 4층엔 생생한 파괴의 흔적이 가득했다. 누군가 왕을 사냥한 것이다.

매카시는 아무 말도 하지 않았다. 가장 먼저 왕의 시체를 발견했으며 아마도 왕을 사냥한 무리와 조우했을 텐데도.

"이건 내 추측에 불과하지만."

그렉의 입으로 세 여인의 시선이 쏠렸다.

"왕을 사냥한 것은 무리가 아니라 개인이었을 것이다."

"말도 안 돼!"

밀리아가 또다시 빽 소리를 질렀다. 주변 사람들이 힐끔거리며 쳐다봤으나 그녀는 조금도 개의치 않았다.

"자그마치 B랭크의 엘리트 레벨이라고. 랭크로만 환산해도 최소 트리플 B랭크야. 그런 괴물을 단독으로 해치웠다고?"

"적절한 준비와 능력만 갖춰졌다면 불가능한 일은 아니지."

"말이 쉽지 그럴 만한 능력자가 대체 몇이나 된다고 생각해?"

"마스터 브레인 역시 트리플 B랭크 마수였다."

순간 말문이 막힌 밀리아가 입만 벙긋거렸다.

그렉은 특유의 차분한 얼굴로 결정타를 날렸다.

"똑같은 트리플 B랭크 마수를 해치울 수 있는 실력자라면 다른 개체라 해서 못 잡을 것은 없겠지. 아닌가?"

"……."

"그 사내의 존재를 공란에 채워 넣으면 지금까지 일어난 사건들의 의문점이 말끔히 해소된다."

"동감이야. 분명한 건 그 남자, 적시운을 시타델이 노리고 있다는 거고."

헨리에타는 반쯤 남은 맥주를 단숨에 비웠다.

"그 남자 덕분에 두 번이나 목숨을 건졌어. 사소한 보답조차 하지 못한다면 내 스스로가 나 자신을 용납하지 못할 거야."

"헨리에타……."

"세 사람에겐 사과할게. 나 때문에 졸지에 도매금으로 처벌받은 거니까."

"그게 무슨 바보 같은 소리야?"

밀리아가 꽉 찬 500cc잔을 벌컥벌컥 들이켰다. 단숨에 맥주를 비운 그녀가 탕 소리가 나게 잔을 내려놓았다.

"나는 복잡한 건 잘 모르겠지만 네 생명의 은인이란 건 우리에게도 생명의 은인이란 소리잖아? 그러니 보답할 거라면 같이 해야지 않겠어?"

"이번만큼은 그녀의 의견에 동의한다."

"음, 저도요."

"좋아, 셋 다 동의한 거네. 그러니까 뭔가를 생각 중이라면 우리 빼먹을 생각 말고 같이 하도록 해. 어차피 넷 다 여기에 남게 된 처지잖아?"

"……고마워. 세 사람 다."

헨리에타가 미소를 지었다. 혼자서라도 어떻게든 적시운을 찾아낼 거라 다짐했지만 사실 그녀로서도 막막하기 그지없던 차였다. 지금도 막막하긴 마찬가지지만 그래도 혼자 고민하는 것보단 넷이 고민하는 게 나을 터다. 특히나 그렉의 추론 능력은 큰 도움이 될 테고.

"좋아. 그럼 어디서부터 시작해야 할까?"

헨리에타의 말에 밀리아와 아티샤가 서로를 돌아봤다.

"어, 음……."

"글쎄요?"

둘의 시선이 자연스럽게 그렉에게 향했다.

졸지에 뜨거운 눈길을 받게 된 그렉이 한숨을 쉬었다.

"시타델 요원이 찾아내지 못한다는 건 그가 신분을 위장했다는 뜻이겠지."

"응, 그건 확실해 보여."

"그렇다면 쉽게 찾기는 힘들 거다."

"뭐야, 자기도 별 대안이 없다는 거네."

밀리아가 투덜거리자 그렉이 미간을 찡그렸다.

"딱히 난 대안이 있다고 말한 적이 없는데?"

"뭐가 됐든 말이야. 괜히 기대하게 만들고 있어."

"……."

아티샤가 쓴웃음을 지었다.

"시작부터 난항이네요."

"그러게. 뭔가 실마리가 될 만한 거라도 있으면 좋을 텐데."

그때 헨리에타의 뒤로 누군가가 다가왔다.

"재미있는 이야기를 나누고 계시는군요."

탐스러운 흑발의 미녀였다. 전반적인 외모에서 이지적인 느낌이 물씬 풍겼다.

"괜찮다면 잠시 대화를 좀 나눌 수 있을까요?"

적시운이 문을 열고 들어섰을 때 작센은 별다른 반응을 보이지 않았다. 그러나 적시운은 그가 평소와 달리 긴장하고 있다는 것을 깨달았다. 심장박동이 평소보다 빨랐던 것이다. 상당히 불규칙하기도 했고.

"내게 뭔가 할 말이 있겠지?"

"……그렇소."

작센은 한숨을 내쉬었다. 그 반응과 태도로 보건대 적시운을 기만할 생각은 없어 보였다. 하지만 그가 꺼낸 이야기는 적시운의 예상과 상당히 빗나가 있었다.

"특무요원 매카시가 다녀갔소."

"……!"

"대략 두어 시간쯤 되었을 거요. 지금쯤은 암흑가 구역을 벗어났을 테지만."

그 말을 곧이곧대로 믿을 순 없었다. 적시운은 만약을 대비해 감지망을 펼쳐 놓았다.

"그와는 무슨 관계지?"

"옛 비즈니스 파트너라고 해야겠군. 매카시가 조로아스터에게 스카우트당하기 전까지 거래를 해왔소."

"그자 또한 마수 사냥꾼 출신인가?"

작센은 고개를 가로저었다.

"그는 해결사였소."

"해결사?"

"이름 그대로 사람 사이의 갈등 관계를 해결하는 일이었지. 주로 무력을 동원해서 말이오."

"인간 사냥꾼이었다는 소리군."

"비슷하오."

"한데 놈이 찾아왔다는 건…… 단순히 회포나 풀자고 온 것 같진 않는데."

"그렇소."

작센은 재차 한숨을 쉬었다.

"나는 장물아비인 동시에 정보상이기도 하오. 자랑은 아니지만 아마도 시타델 내에서 첫손에 꼽힐 테지."

"그래서 매카시가 찾아왔다는 거군. 나에 대한 정보를 얻기 위해."

"……그렇소."

"그래서 얘기했나?"

적시운의 어조가 착 가라앉았다. 작센은 그 차분함 속에 예리한 칼날이 숨어 있다는 것을 어렵잖게 눈치챘다. 대답 여하에 따라 찔릴 수도 있으리라.

"구태여 본인의 정체를 숨기려 하지 않으시는군."

"서로 눈치를 챈 마당에 거짓말해 봤자 피곤하기만 하잖아."

"확실히 그건 그렇지."

쓴웃음을 지은 작센이 내처 말했다.

"내가 보유한 정보망 내엔 귀하에 대한 정보는 없었노라고 대답했소. 거짓말은 아니지. 실제로 내가 심어둔 정보원들은 아무것도 모르니까."

"한데 하필 당신의 고객 중에 내가 있었다는 거군."

아이러니한 상황이었다. 그래도 분명한 것은 작센이 적시운을 비호해 줬다는 사실이었다.

“나에 대해 말할 수도 있었을 텐데 왜 그러지 않았지? 다른 관계도 아니고 옛 파트너라면서.”

“전에도 말했던 것으로 기억하오만. 내가 최고가 된 이유는 고객과의 신뢰를 저버리지 않기 때문이오.”

“내가 고객이기에 보호했다?”

“그렇소. 더불어 매카시와도 그리 좋게 끝난 사이는 아니기도 하고.”

“그럼 이제 내가 고맙다고 해야 할 차례인가?”

“그러실 필요는 없소. 당연한 일을 했을 뿐이니.”

“그러라고 해도 고맙다고 하지 않을 건데.”

적시운은 피식 웃었다. 차가운 비웃음이었다.

“그 여자에겐 내 정체를 까발렸으니 말이야.”

“……클라리스 말씀이군.”

“그래, 설마 그녀에게 아무 말도 하지 않았다고 변명하려는 건 아니겠지?”

“변명으로 들릴 수밖에 없다는 건 인정하오. 다만…… 선후 관계가 바뀌었소.”

“그게 무슨 소리지?”

“그 아이는 내게서 얘기를 듣고 귀하에 대해 알아낸 게 아니오. 귀하에 대해 알아내고서 나를 추궁한 것이지.”

"……."

제대로 설명하라는 시선.

작센은 조금 고민하다가 말했다.

"그 아이는 제법 출중한 해커요. 그 기술로 시타델의 보안 네트워크를 뚫었지."

잠시 침묵하던 작센이 덧붙였다.

"우리 가게의 데이터 드라이브 또한."

"그래서 나에 대해 알게 되었다는 건가?"

"그렇소."

적시운은 한동안 침묵했다. 또다시 신분을 세탁하고 숨어드는 것은 해답이 아닐 듯했다. 시시각각 자신을 노리는 칼날이 다가오고 있다면 더더욱.

도망치는 것은 정답이 아니었다. 정답은 언제나 눈앞에 존재하는 법이었다.

"그 여자의 목적, 그리고 당신과는 무슨 관계인지."

생각을 정리한 적시운이 입을 열었다.

"우선은 그것부터 말해."

6

"그러니까…… 우리가 찾고 있는 사람이 누구인지 알고 있다는 건가요?"

행인이 거의 없는 으슥한 골목. 술집을 나온 헨리에타 일행이 흑발 여인을 따라간 장소였다.

헨리에타의 질문에 여인은 희미한 미소를 띠었다.

"이름은 적시운. 20대의 동양계 남성이죠. 트리플 B랭크 염동술사인 동시에 에메랄드 시타델의 1등 시민이기도 하고요."

"……!"

"이 정도면 대답이 될까요?"

대답이 되고도 남았다. 심하다 싶을 정도로.

헨리에타뿐 아니라 그렉과 아티샤 또한 긴장한 얼굴로 여인을 바라봤다. 세 사람보다 둔감한 밀리아만이 어리둥절한 표정을 지을 따름이었다.

"당신, 시타델 지방 정부 소속인가요?"

"그래 보이나요?"

헨리에타의 질문에 반문하는 여인.

그제야 밀리아의 얼굴도 심각해졌다.

"대답 여하에 따라서 곱게 돌아가지 못할 수도 있어."

밀리아의 경고에도 여인은 긴장하지 않았다.

"미안하지만 믿음직한 동료는 여러분에게만 있는 게 아니랍니다."

"뭐? 그게 무슨 소리야?"

밀리아의 반문에 대답한 사람은 그렉이었다.

"매복이 있다."

"……정말로?"

"그래, 아무래도 포위당한 것 같다."

그렉의 말에 세 여인은 한층 긴장했다.

흑발의 여인은 난처한 표정을 지어 보였다.

"싸우기 위해서 온 것이 아니에요. 저나 저들이나."

"질문에나 대답하시죠. 시타델 요원이냐고 물었을 텐데요?"

헨리에타의 어조에도 가시가 돋아 있었다.

"좋아요. 말씀드리죠."

여인의 얼굴에 희미한 적개심이 드러났다. 하지만 헨리에타 일행을 향한 감정은 아니었다.

"억만금을 준대도 조로아스터의 개가 되지는 않을 거예요. 이 정도면 대답으로 충분할까요?"

충분할까?

아마도 그럴 것이다. 정부 소속의 요원은 거짓말로라도 저런 말을 하지 않을 테니.

"시타델의 끄나풀이 아니라면…… 당신은 누구죠? 당신들의 목적은 뭐고요?"

"미안하지만 지금 모든 걸 털어놓을 순 없어요. 우리 입장에서도 당신들과 접촉하는 건 리스크가 큰 일이니까요."

"대체 아까부터 무슨 소리를 하는 거야?"
밀리아의 퉁명스러운 반응.
그렉이 애써 한숨을 참고서 설명했다.
"우리와 우연히 만난 게 아니라는 뜻이다."
"아까 술집에서 만난 게 우연이 아니라고?"
"그래, 필시 처음부터 우리 뒤를 밟았을 테지."
"어, 잠깐만. 그렇다는 건……."
헨리에타가 쓴웃음을 지었다.
"우리가 누군지도 다 알고 있다는 뜻이겠지."
"기분 상하셨다면 사과드리죠, 헨리에타 공대장."
"……좋아요. 그럼 이름 정도는 알려줄 수 있겠죠?"
"제 이름은 클라리스."
흑발의 여인, 클라리스가 말했다.
"여러분과 마찬가지로 그 남자의 행적을 쫓고 있어요."

작센은 말했다.
"그 아이는 레지스탕스 소속이오."
"레지스탕스?"
저항 운동, 혹은 저항군.

무엇을 향한 저항인지는 구태여 물을 필요도 없을 듯했다.

"그 아이의 부모는 그 아이가 어릴 적에 시타델의 정규군에 의해 목숨을 잃었소. 당시 막역한 사이인 내가 클라리스를 거두었지."

"그리고 저항군으로 길러냈다는 건가?"

"길러냈다는 표현은 적합하지 않은 것 같군. 내가 가르친 게 아니라 그 아이가 스스로 학습한 것이니 말이오. 더불어 나는 그 어느 세력에도 속해 있지 않소."

"스스로 학습했다는 건 해킹 얘기인가?"

"근접 전투, 사격술, 해킹, 위장술……. 클라리스는 거의 모든 기술을 독학으로 익혔소."

"대단한 재능을 타고났나 보군. 그게 아니면 집념이 무시무시하든지."

"양쪽 모두라고 생각되오. 어쨌거나 분명한 것은 그 아이의 목표가 조로아스터의 목이라는 거요."

"나와 손을 잡고자 하는 것도 그 때문이겠군."

"그렇소. 공동의 목표를 가졌다면 힘을 합치는 편이 낫지 않겠냐는 게 클라리스의 생각이오."

"그리고 당신은 나를 설득하기 위한 첨병이고?"

"그렇지는 않소. 이는 어디까지나 그 아이의 사정일 뿐이니."

적시운의 눈매가 좁혀졌다.

"당신은 중립이라는 건가?"

"장물아비에겐 적도 아군도 존재하지 않는 법이오. 자격만 충분하다면 어느 누구라도 고객이 될 수 있지."

"자격?"

"자본주의 사회에서 자격이라 한다면 하나뿐이지 않겠소?"

돈.

입속으로만 중얼거린 적시운이 어깨를 으쓱했다.

"그래서, 당신은 앞으로 어쩔 생각이지?"

"달라질 것은 딱히 없소. 귀하가 내 가게의 고객으로 계속 있겠다면 그에 걸맞은 서비스를 제공할 것이오. 반면 더 이상 거래하지 않겠다고 한다면 아쉽지만 어쩔 수 없겠지."

"더 이상 그 여자와 연루되지 않는다는 건가?"

"그렇소."

"흠."

적시운은 턱을 괴었다. 작센을 완전히 신뢰하진 않았다. 애초에 적시운은 자기 자신을 제외한 그 누구도 신뢰하지 않았으니까.

다만 그가 지닌 장물아비로서의 능력만큼은 인정했다. 최소한 지금까지의 거래는 만족스러웠다. 가격 면에서나 서비스 면에서나. 무엇보다도 작센은 적시운을 매카시에게 팔아넘기지 않았다. 충분히 그럴 수 있었을 텐데도 말이다.

'이 대화가 거짓이고 실제로는 함정을 파놓았을 가능성도 없진 않겠지만…….'

만약 그런 거라면 그때 가서 쓴맛을 보여주면 그만이다. 지금의 적시운에겐 그리 어려운 일도 아니었으니.

하지만 그런 게 아니라면 구태여 괜찮은 거래 상대를 내칠 이유는 없었다.

"좋아. 그럼 거래 얘기나 계속 하도록 하지."

"음."

적시운은 카탈로그를 통해 봐두었던 롱소드와 일본도를 주문했다.

사실 천마검기를 버텨내기엔 상당히 부족한 점이 많은 무기들이었으나 일단은 아쉬운 대로 사용하는 수밖에 없었다.

"물품이 도착하는 대로 연락을 드리리다."

"좋아. 기다리지."

가게 밖으로 향하려던 적시운이 잠시 멈칫했다.

"날 만났다는 얘기, 그 여자에게 할 건가?"

"그것은……."

"말해도 상관없어. 대신에 이 말도 같이 전해주면 고맙겠군."

작센이 고개를 끄덕였다.

"말씀하시오."

"내 도움을 받고 싶다면 우선 본인이 얼마나 유용한지, 그것부터 증명하라고."

"그렇게 전하리다."

"좋아. 그럼."

그렇게 가게를 나서려던 적시운이 잠시 멈칫했다.

"또 뭔가 남길 말씀이라도 있소?"

"아니, 그건 아닌데."

고개를 돌리는 적시운의 얼굴은 난색을 띠고 있었다.

"혹시 개 사료라거나 그런 것도 구할 수 있을까?"

"사료? 개먹이 말이오?"

적시운은 고개를 끄덕였다.

의아함을 느낄 법한데도 작센은 무표정을 유지했다. 속내는 어떤지 모르겠지만.

"주문을 할 수는 있을 것이오. 괜찮은 물건으로 대령해 드리지."

"좀 많이 준비해 줬으면 좋겠는데."

"그러리다."

주문을 마친 적시운이 마침내 가게를 나섰다.

'망할 똥개.'

에메랄드 시타델의 특무부는 소속 인원 전원이 이능력자로 이루어져 있었다. 매카시는 그중에서도 수석 요원. 사실상 모든 요원의 우두머리 격이라 할 수 있었다.

덜컥.

문을 열고 사무실 안으로 들어서는 매카시. 대기 중이던 요원들이 자리에서 일어섰다.

"앉도록."

척척.

일사불란하게 착석하는 요원들. 그중에서도 특히나 눈에 띄는 거구의 흑인이 운을 뗐다.

"작센 번스타인을 만나고 오셨습니까?"

"그래, 놈에 대해서 들은 바가 없다더군."

"거짓말일 가능성도 있지 않겠습니까?"

"가능성이 있는 정도가 아니다. 작센은 놈에 대해 알고 있어."

요원들의 얼굴에 미세한 파문이 일었다.

매카시는 피식 웃었다.

"나는 작센을 잘 알지. 작센 본인보다도 더."

"그렇습니까?"

"누구에게나 사소한 버릇이 있는 법이지. 정작 자기 자신을 알아채기 힘든 습관 말이야. 작센 또한 예외는 아니다."

"그렇다면 그 늙은이를 족치면 되겠군요."

"그래, 하지만 당장은 아니야."

요원들의 얼굴에 의문이 떠올랐다.

매카시는 설명 대신 흑인 요원을 돌아봤다.

"이건 네가 설명하는 편이 낫겠군, 타이터스."

"예, 부장님."

거구의 흑인, 타이터스가 동료들을 돌아봤다.

"얼마 전 지방 정부의 중앙 데이터베이스가 뚫리는 사건이 발생했다."

"해킹인가?"

슬라브계 남성 요원의 질문에 타이터스는 고개를 끄덕였다.

"그렇다."

"물론 역추적을 했을 테지?"

"그래, 하지만 결국 프로토콜 주소를 찾아내는 데엔 실패했다."

흔적도 없이 사라져 버린 도둑. 그러나 오히려 그렇기에 도둑의 정체를 추측할 수도 있는 법이었다.

"설마……."

"그래, 수년 전에 레지스탕스가 벌인 해킹과 거의 동일한 수법이다."

시타델 지방 정부의 숙적. 대대적인 피의 정벌을 당했음에도 끈질기게 살아남아 도시의 틈바구니에 숨어든 바이러스 같은 놈들.

"한동안 얌전히 지내더니 그새 세력을 회복한 모양이지? 그게 아니면 죽고 싶어 환장했거나."

"버러지 같은 놈들."

"짓밟히고 싶어서 안달이 난 모양이군."

농담처럼 말을 주고받는 요원들. 그러나 주고받는 대화 내용과 달리 그들의 표정은 결코 밝지 않았다. 당시 시타델 또한 저항군에 의해 상당한 피해를 입었었으며 그중에서도 특무부의 피해는 특히나 컸었던 것이다.

요원들의 입장에선 씹어 먹어도 시원찮을 적.

그런 놈들이 다시 고개를 쳐들고 있다는데 기분이 좋을 리 없었다.

"알고 있는 사람은 극소수에 불과하지만."

매카시가 입을 열었다.

"당시 작센은 비밀리에 레지스탕스를 지원했었다."

"……!"

요원들의 얼굴에 충격이 스쳤다.

"그 말씀이 사실입니까?"

"그래, 증명할 수는 없지만."

"그게 무슨 뜻인지요?"

"문자 그대로다. 실체화된 물증이 없다는 거지. 그저 정황 증거와 추론 가능한 몇몇 사실이 있을 뿐이다."

작센 번스타인은 시타델 암흑가의 거물. 애초에 장물아비 및 정보상 일이란 게 어지간한 역량과 자금력으로 감당할 수 있는 일은 아니었던 것이다.

그러한 업계에서 작센은 최고의 자리를 고수해 왔다. 뿐만 아니라 막대한 자금력을 바탕으로 정계의 인사들과도 커넥션을 맺고 있었다.

그런 인물을 물증 하나 없이 거꾸러뜨린다는 것은 불가능한 일. 때문에 매카시로서도 지금껏 그를 건드릴 수 없었다.

하지만 이번엔 상황이 조금 달랐다.

"지난번의 배후자가 이번이라고 침묵할 리는 없지. 놈은 어떤 형태로든 레지스탕스를 지원하려 할 것이다."

"음……."

"게다가 이번엔 변수까지 하나 생겨난 판이지."

"그 남자 말씀이군요."

"그렇다."

적시운. 트리플 B랭크의 염동술사.

사실 요원들로서는 적시운에 대한 매카시의 집착이 잘 이해되지 않는 측면도 있었다. 제법 능력이 출중하다고는 하나 고작 한 사람일 따름. 일개 개인이 거대 세력인 시타델에 위협이 될 수 있으리라고는 생각하기 어려웠던 것이다.

하지만 매카시의 태도는 단호했다. 그뿐 아니라 직속상관인 조로아스터 또한 적시운에게 집착에 가까운 태도를 보이고 있었다.

그 두 사람이 집착하는 사내.

그렇다 보니 요원들로서도 섣불리 무시할 수가 없었다.

"판을 짜는 거다."

매카시가 요원들을 돌아보며 말했다.

"거대한 그물을, 레지스탕스는 물론이고 작센 또한 헤어나지 못할 포위망을 짜야 한다."

"결정적인 함정이 필요하겠군요."

"그렇다."

타이터스의 말에 고개를 끄덕이는 매카시.

"김은혜와 같은 배신자가 다시는 나타나지 않게끔. 레지스탕스 따위의 반동 세력이 더는 생겨나지 않게끔!"

수하들을 돌아보는 그의 눈빛이 싸늘한 빛을 뿌렸다.

"이번 작전을 통해 후환을 완전히 뿌리 뽑아야 할 것이다."

7

이튿날 아침에 바로 연락이 왔다.

적시운이 작센의 가게를 찾아가 보니 롱소드와 일본도, 그리고 수십 kg은 됨직한 사료 포대가 준비되어 있었다.

“이 정도면 충분하겠소?”

“그럴 것 같군. 그래도 혹시 모르니 여분의 사료를 더 준비해 뒀으면 좋겠는데.”

“이 정도면 성견 기준으로도 반년은 충분히 먹일 수 있소만.”

“어지간한 개보다 많이 먹어대는 녀석이라.”

작센은 더 묻지 않았다.

“알겠소. 충분한 양을 준비해 드리지.”

“고맙군.”

“그리고 클라리스에겐 연락해 두었소. 귀하의 메시지 또한 같이 보냈으니 조만간 어떤 식으로든 반응이 갈 거요.”

“그래, 알겠어.”

작센은 운반용 카트를 추가로 내주었다.

“다음에 올 때 돌려줄게.”

“그럴 필요는 없소. 서비스라고 생각하시구려.”

“그렇다면야.”

적시운은 가게를 나섰다.

그는 두 자루의 검과 사료 포대를 실은 카트를 끌면서 거리를 거닐었다.

이능력을 써도 되고 그냥 어깨에 걸치고 가도 되기는 했다. 하지만 굳이 눈길을 끌 필요는 없었다.

'이미 끌어버렸지만 말이지.'

[미행이로군.]

가게에 들어설 즈음부터 따라붙은 시선들. 횡단보도를 세 번이나 건넜는데 떨어지질 않았다.

가능성은 둘 중의 하나.

'그 여자의 패거리이거나 시타델 측 끄나풀일 테지.'

적시운은 으슥한 골목으로 들어섰다. 일부러 아지트와는 한참 동떨어진 구역으로 이동한 뒤였다.

무영흡으로 기척을 한계까지 죽였다. 오후의 그림자 속으로 적시운의 신형이 녹아들었다. 동시에 염동력 감지망으로 미행의 기척을 파악했다.

숫자는 넷. 당황한 기색이었다.

하긴 조금 전까지만 해도 느껴지던 기척이 감쪽같이 사라졌으니 그럴 만도 했다.

네 미행자가 골목으로 급히 들어섰다.

더 이상은 미행이라 할 수도 없는 수준. 아마추어나 다름없는 움직임에 실소가 절로 나왔다.

적시운은 염동력을 발했다. 골목으로 들어서는 어귀에 있던 컨테이너형 쓰레기통이 옆으로 미끄러져선 입구를 막았다.

"……!"

미행자들이 흠칫 놀라는 순간 적시운 또한 그림자 밖으로 모습을 드러냈다.

"뭐하는 놈들이기에 대낮부터 남의 뒤를 쥐새끼처럼 따라오는 거지?"

질문을 던진 적시운의 눈이 이채를 띠었다. 미행자 중 한 사람의 얼굴이 익숙했던 까닭이다.

"너는……."

"오랜만이야."

헨리에타가 말했다.

"겨우 다시 만났네."

물끄러미 그녀를 바라보던 적시운이 입을 열었다.

"너희 도시로 돌아간 줄 알았는데."

"에스텔 아가씨를 비롯한 다른 공대원들은 세인트 로드로 귀환했어. 나와 동료 세 명만이 이곳에 남았지."

적시운의 시선이 빠르게 세 사람을 훑었다. 말라깽이 백인 사내 하나와 아프리칸 여성, 그리고 우락부락한 게르만계 금발 여성. 꽤나 특이한 조합이었다. 다만 낯설기만 한 것은 아니었다.

“조금 복잡한 일이 있어서 근신 처분을 받게 됐거든. 실제로는 휴가를 얻은 거나 마찬가지지만 말이야.”

적시운은 타성적으로 고개를 끄덕였다. 사실 그녀의 사정이나 동료들의 이야기 같은 것은 딱히 궁금하지도, 관심이 가지도 않았다.

“그런데 왜, 그리고 어떻게 나를 찾아내서 미행한 거지?”

“어떻게에 대해 먼저 대답하자면…… 당신에 대해 아는 사람을 만났어. 클라리스라고, 당신도 알고 있지?”

“한 번 만나봤을 뿐이야.”

“그래? 어쨌든…… 그녀가 우리에게 당신 얘기를 해줬어. 당신이 출입하는 가게에 대해서도.”

“그리고 너희더러 나를 미행하라고 명령한 건가?”

“아, 아냐. 그냥 얘기만 해줬을 뿐이야. 당신 뒤를 밟은 건 내 선택이었고.”

“좋아. 그럼 미행을 한 이유는 뭐지?”

“당신에게 경고를 해주기 위함이었어. 하지만 보아하니 그럴 필요는 없었던 것 같네.”

“경고라는 게 매카시에 대한 얘기였나 보군.”

“응, 당신도 다 알고 있었구나?”

"그래, 그러니 볼일 다 봤으면 그만 가줬으면 하는데."

"잠깐, 무슨 말을 그렇게 해?"

금발벽안의 여성이 앞으로 나섰다. 부담스러운 수준의 근육만 아니라면 그럭저럭 미녀 취급을 받을 법한 외모였다.

"그래도 도와주겠다고 일부러 찾아온 건데 얘기도 몇 마디 안 나누고서 꺼지라는 거야?"

"그래."

거리낌 없는 대답에 금발 여성이 멈칫했다.

"자존심 때문에 그러는 거라면……."

"자존심이 아니라 간단한 계산 문제다."

"계산 문제라니?"

"조금 전에 기억이 났거든. 너희들, 그때 지하철 역사에서 마스터 브레인에게 전멸당할 뻔했었지."

금발 여성이 눈에 띄게 움찔했다.

"그, 그래."

"내가 아니었다면 너희 모두는 그 자리에서 죽었겠지. 혹은 더 비참한 꼴을 당했거나. 내 말이 틀렸나?"

"……."

"그런 실력을 가지고서 돕겠다고 나선 거라면 필요 없어. 그러니 그냥 가라는 거다."

"크윽……!"

"가라. 더 얘기하기도 귀찮으니."

"이, 이익!"

울컥한 얼굴의 금발 여성.

헨리에타가 급히 그녀를 뜯어말렸다.

"그만해, 밀리아! 은인에게 칼을 겨눌 셈이야?"

"하, 하지만. 하지만……!"

밀리아는 반쯤 울 것 같은 얼굴로 헨리에타를 돌아봤다. 어울리지 않게도 꽤나 마음이 여린 모양이었다.

그때 침묵을 고수하던 백인 사내가 입을 열었다.

"싸우는 것만이 전부는 아닐 텐데?"

적시운의 시선이 사내에게로 향했다.

"전투밖에 모르는 싸움광이 아닌 바에는 말이다."

적시운의 시선을 받은 사내, 그렉이 말을 이었다.

"우리의 능력이 당신에 비해 크게 떨어진다는 것은 인정한다. 하지만 없는 것보다는 나은 수준이라고 단언할 수 있다."

없는 것보다 나은 수준.

다른 누군가가 케르베로스 소속 길드원을 저렇게 표현한다면 미친놈 소리를 들을 터였다. 하지만 그렉은 그 말을 내뱉는 데에 일말의 주저도 없었다. 사실은 사실이었기 때문이다.

"또한 비전투 부문에서라면 충분히 도움이 될 수도 있다고 본다."

"……어떤 면에서 말이지?"

"시키기만 한다면 뭐라도 할 수 있지 않겠나? 아무리 못해도 애완견 돌보기 정도는 가능할 테지."

"……?"

"……?"

세 여인이 의아한 얼굴로 그렉을 돌아봤다.

갑자기 웬 애완견이란 말인가?

적시운은 픽 웃었다.

"최소한 그쪽은 관찰력이란 게 있긴 하군."

"그렇다. 이 세 사람이 지나치게 둔감한 것이긴 하지만 말이지."

"잠깐, 그거 우리 흉보는 거지?"

밀리아의 질문에 그렉은 어깨를 으쓱했다.

"보시다시피 최소한 언어를 이해할 줄 안다는 점은 분명히 해야겠군."

"뭐야? 그건 내 욕이지?"

그렉은 대꾸하지 않았다. 무언의 긍정에 밀리아가 울컥한 표정을 지었다.

헨리에타가 뒤늦게 뭔가를 발견하고는 탄성을 뱉었다.

"저 사료 때문이구나?"

적시운의 뒤에 위치한 카트. 헝겊으로 포장된 두 자루의 검과 카툰화된 도베르만이 그려진 사료 포대가 있었다.

"사료가 입맛에 맞는 특이 취향이 아니라면 개나 그 비슷한 동물을 키우고 있다는 의미지."

그렉의 설명에 세 여인이 멍하니 고개를 끄덕였다.

적시운은 피식 웃었다.

"훌륭한 추리야. 사실 추리라고도 할 수 없는 수준이긴 하지만."

"동감이다. 설명하는 내가 다 얼굴이 화끈하군."

"어쨌든 최소한 한 사람은 쓸모가 있다는 걸 증명했군."

세 여인이 뜨끔한 표정을 지었다.

적시운은 실소를 머금고서 말을 이었다.

"조금 전에 무시한 건 사과하지. 하지만 내 결심을 뒤집을 생각은 없어."

"왜 그렇게 나를 거부하는 거야?"

무심코 반문한 헨리에타가 움찔하여 입을 가렸다. '우리'라고 해야 할 것을 무의식중에 '나'라고 말해 버린 것이다.

다행이라 해야 할지는 모르겠지만 다른 사람들은 그녀의 말실수에 별다른 신경을 쓰지 않았다.

"오히려 내가 묻고 싶은걸. 왜 그렇게 나를 돕겠다고 고집을 피우는 거지?"

"생명의 은인한테 은혜 좀 갚겠다는 게 잘못이야?"

따지듯이 소리치는 밀리아.

적시운은 미간을 찌푸렸다.

"그 생명의 은인한테 열 받아서 달려들려고 한 게 누군데?"

"그, 그건……."

"은혜에 대한 얘기라면 됐어. 딱히 너희한테 보답받지 않더라도 신경 쓰지 않을 테니."

"개인적인 호기심이라면?"

그렉의 목소리였다.

세 여인이 놀란 가운데 아티샤가 입을 열었다.

"그런 취향이었어요, 그렉?"

"……무슨 생각을 하는 건지는 알겠는데 너희가 생각하는 그런 게 결코 아니다. 호기심이라는 건 학구적 관심을 의미하는 거니까."

"그렇게 말하니 더 수상한데요?"

"……."

"어, 어쨌든!"

묘하게 어색해진 분위기 속에서 헨리에타가 적시운을 향해 말했다.

"그렉의 말대로야. 어떤 식으로든 당신에게 도움이 되고 싶어. 그래도 안 될까?"

"내게 그렇게까지 보답하려는 이유가 뭔데?"

“오히려 내가 묻고 싶어. 두 번이나 목숨을 구해주고도 왜 아무 대가도 바라지 않는 거야?”

가는 게 있으면 오는 것도 있는 법.

이는 황량하고 삭막한 이 세계에서도 통용되는 진리였다.

적시운은 이미 헨리에타를 두 번이나 구해주었다. 한 번도 갚기 어려운 빚을 두 개나 지니게 된 것이다. 그리고 헨리에타는 그런 빚을 그냥 잊고 넘어갈 만큼 신경이 굵지 않았다.

‘게다가…….’

헨리에타는 자기도 모르게 얼굴을 붉혔다.

그녀는 의아하게 자신을 바라보는 적시운을 돌아봤다가 이내 시선을 돌렸다.

‘내가 미쳤지.’

언제부터인지는 알 수 없었다. 어쩌면 그날, 적시운은 구워삶으려다가 술에 떡이 된 날이었을지도 모른다. 혹은 마스터 브레인에게 죽을 뻔했던 날일 수도, 커럽티드 울프를 토벌하던 날일 수도 있었다.

시기는 정확히 알 수 없었다. 분명히 알 수 있는 사실은 하나뿐.

‘나는 이 남자를…….’

헨리에타는 애써 머릿속에 브레이크를 걸었다. 생각이 더 전개됐다간 정말 얼굴이 새빨개지다 못해 터져 버릴지도 몰랐다.

"어, 어쨌든 빚을 갚고 싶어. 당신의 힘이 되고 싶다고."

"……."

적시운은 난감한 얼굴로 그녀를 바라봤다. 이런 식으로 나올 때는 어떻게 대응해야 할지 애매했다.

[좋구먼. 참으로 좋을 때야.]

천마가 슬그머니 끼어들었다. 마치 장성한 제자를 대하는 듯한 흐뭇한 태도로.

[저렇게까지 나오는데 받아들이지 그러나?]

'그랬다가 배신이라도 당하면 어쩌려고?'

[쯧쯧. 자네도 아직 멀었군. 저건 배신하려는 처자의 눈빛이 결코 아닐세. 본좌가 단언할 수 있다네.]

'…….'

[본좌를 믿게나.]

적시운은 입맛을 다셨다.

잔소리가 귀찮기는 하지만 그것과 별개로 천마의 조언은 거의 들어맞는 편이었다. 때문에 적시운으로서도 마냥 무시하기가 어려웠다.

"적시운 님께 한 말씀만 드려도 될까요?"

아티샤가 조심스럽게 입을 열었다.

"저희가 못 미덥다는 것은 이해해요. 그래도 최소한의 기회 정도는 주실 수 있지 않을까요?"

밀리아나 헨리에타와는 사뭇 다른 부드러운 어조. 듣는 이로 하여금 차마 모진 마음을 갖지 못하게 하는 마력을 지닌 목소리였다.

잠시 고민하던 적시운이 말했다.

"방사능."

"네?"

"물질도 좋고 생명체라도 상관없어. 방사선을 방출하는 물건을 내 앞에 가져올 수 있겠어?"

세 여인이 주춤한 표정을 지었다. 그녀들로선 당장 떠오르는 게 기껏해야 마수 정도였던 것이다.

그녀들이 뭐라도 잡아 와야 하나 고민하고 있을 때였다.

"할 수 있다."

그렉의 대답. 이번에는 적시운도 상당히 놀랐다.

"지금 바로 말인가?"

"그래, 몇 가지 장비를 알고 있다."

밀리아가 '아' 하고 탄성을 뱉었다.

"그러고 보니 너, 자격증까지 가진 의사였지?"

제13장
리벨리온

1

"진단용 방사선 의료 장비엔 여러 종류가 있지. 피폭량도 적어 인체에는 거의 무해하지만…… 보아하니 그런 걸 바라는 게 아닌 듯하군."

"그래, 육체에 가시적인 영향을 줄 수 있을 정도여야 해. 사실 나도 의료 장비 쪽을 생각해 보긴 했는데 피폭 수치가 낮아서 포기했어."

"피폭 증상이 나타날 정도의 방사능이 필요하다?"

"그래."

"최대한 고통스럽게 자살하기로 마음먹은 걸로 보이진 않는데.”

“비슷하다고 해두지.”

“그렇다면…… 기존의 장비에 약간의 개조를 가하면 될 것 같다.”

“가능하다는 건가?”

“아마도. 다만 거주 구역 내에서는 불가능하다. 다른 도시들과 마찬가지로 시타델 또한 방사능 유출에 민감하니까.”

“하층민 구역이라면?”

“아마도 문제없을 테지. 시타델 정부에서도 별달리 신경 쓰지 않는 곳이니.”

“좋아. 장비 구매는 작센에게 의뢰하면 되겠네.”

일사천리로 진행되는 대화. 삽시간에 소외되고 만 세 여인이 얼떨떨한 얼굴로 두 사내를 쳐다봤다.

“어, 저기……?”

“응? 왜?”

적시운의 반문에 헨리에타가 몸을 외로 꼬았다.

“우리는 뭘 하면 될까?”

“글쎄?”

“뭔가 시킬 만한 것 없어? 아무것도?”

적시운은 턱을 쓰다듬었다. 잠시 생각을 정리할 필요가 있었다.

'아지트 위치 정도는 알려줘도 괜찮겠지.'

일단 마음을 정한 이상 세 사람을 더 의심하지는 않기로 했다. 그간의 행적만 봐도 헨리에타 일행이 적시운을 배신할 가능성은 없다시피 했고, 설령 가능성이 있다고 쳐도 대비만 해두면 그만이었다.

예전이라면 모르되 지금의 적시운에겐 그리 어려운 일은 아니었으니까.

'시타델의 움직임을 살피는 데에 도움이 될 수도 있고.'

지방 정부의 추격을 받고 있는 적시운은 운신의 폭이 좁을 수밖에 없었다. 아무래도 홀로 도시 전체와 대적하기엔 아직 부족했으니.

그렇다면 이 네 사람을 대신 이용할 수 있을 터였다. 단지 당장은 그럴싸한 용무가 떠오르지 않을 뿐.

"흠, 그러면……."

생각을 마친 적시운이 말했다.

"너희가 그 녀석을 돌봐주면 되겠네."

"응? 그 녀석이라니?"

"설마……."

세 여인의 시선이 개 사료로 향했다.

어깨를 으쓱한 적시운이 말했다.

"따라와. 나머지는 듣는 귀가 없는 곳에서 얘기하지."

비상식량은 땡볕에 배를 드러낸 채 자고 있었다. 개 팔자가 상팔자라는 말이 새삼스레 떠오르는 광경이었다.

인기척을 느낀 녀석이 귀를 쫑긋 세우고는 기지개를 켰다.

그 모습에 아티샤와 헨리에타가 눈을 빛냈다.

“귀엽네요. 견종이 뭔가요?”

“커럽티드 울프, 오염되지 않은 상태이니 다이어 울프가 정확하겠지.”

“어, 그러면…….”

“놈들이 초소로 쓰던 곳에서 발견했어. 이 녀석 하나만 살아남았더군.”

헨리에타가 쪼그려 앉아서 손을 내밀었다.

“이리 온.”

비상식량은 그녀를 힐끔 보고는 입맛만 다셨다. 먹을 거나 내놓으라는 제스처였다.

헨리에타는 호주머니에서 자그만 막대과자를 꺼냈다. 처음 보는 물건일 텐데도 음식인 줄은 아는지 비상식량이 쫄래쫄래 다가왔다.

“이런 거 먹여도 되려나 모르겠네. 아직 모유 먹어야 하는 시기 아냐?”

"육포랑 전투식량도 잘만 먹던데."

"나중에 탈나는 거 아닌가 모르겠네."

"뭐, 괜찮겠지. 새끼라지만 마수인데."

"그러려나?"

헨리에타가 그렉을 돌아봤다. 시선의 의미를 깨달은 그렉이 미간을 찡그렸다.

"난 수의사가 아니다."

"그래도 대강은 알 것 아냐."

"모른다."

딱 잘라 말하는 그렉.

그사이 비상식량은 헨리에타의 손가락을 핥아댔다. 얼른 먹을 걸 내놓으라는 뜻. 내버려 두면 깨물기라도 할 기세였다.

헨리에타는 포장을 까서 내밀었다. 초콜릿 코팅이 된 수수한 막대 과자가 나타났다.

비상식량은 까득까득 과자를 먹어치웠다.

헨리에타는 쿡쿡 웃으며 녀석의 머리를 쓰다듬었다.

"이 아이, 이름이 뭐야?"

"비상식량."

적시운의 대답에 네 사람의 시선이 쏠렸다.

"와, 정말 대충 지으셨네요."

"뭐 어때. 이름이야 기억하기만 편하면 되는 거지."

"그렇기는 하지만……."

과자를 먹어치운 비상식량이 헨리에타를 올려다봤다. 더 없냐는 듯한 시선에 헨리에타가 어색하게 웃었다.

"미안해. 가져온 과자는 그것뿐이야."

"……?"

"대신에 이거라도 먹을래?"

헨리에타가 사료 포대를 뜯었다. 밀리아가 바닥에 놓여 있는 철판 조각을 집어서 건넸다. 헨리에타는 철판으로 사료를 퍼서는 녀석의 앞에 내려놓았다.

"실컷 먹어."

비상식량은 킁킁 냄새를 맡더니 몇 알을 입에 넣고 오물거렸다. 그러고는 도로 뱉어냈다.

"……."

비상식량은 철판 조각을 뒷다리로 밀어내고는 헨리에타를 올려다봤다.

그렉이 혀를 찼다.

"과자 맛을 알아버렸으니 사료가 입에 들어올 리 없지."

"어, 어쩌지?"

"내버려 둬. 배고프면 알아서 먹겠지."

퉁명스럽게 대꾸한 적시운이 의자를 끌고 와 앉았다. 세 여인은 자연히 반대편의 소파에 나란히 앉았다. 그렉은 기둥에 몸을 기댄 채 팔짱을 꼈다. 그럭저럭 대화를 나눌 만한 분위기가 만들어졌다.

"화기애애하게 잡담 같은 걸 하는 성격은 아니니 단도직입적으로 묻지. 그 여자와는 거래를 한 건가?"

네 사람이 시선을 교환했다. 암묵적인 동조 속에서 헨리에타가 대표로 입을 열었다.

"거래 같은 건 없었어. 당신에 대한 정보는 그쪽에서 일방적으로 제공한 거야."

"아무 대가도 없이?"

"으응, 사실 그게 좀 의심스럽긴 했어."

적시운은 말없이 턱을 괴었다. 아지트로 오는 내내 네 사람을 스캔했다. 도청기나 위치 추적 장치 등이 붙어 있을지도 몰랐기 때문이다. 하지만 별도의 장치 같은 것은 없었다.

사실, 그런 게 붙었다면 적시운보다도 네 사람이 먼저 알아챘을 것이다. 적시운과 비교했을 때 뒤떨어질 뿐, 네 사람의 실력은 분명 빼어난 편이었으니까.

"뭔가 얘기가 오간 것도 없고?"

"딱히…… 사실 그쪽에선 우리에 대해 속속들이 파악하고 있는 눈치였어. 반면 우리는 그들에 대해 거의 아는 게 없고."

"흠."

네 사람에게서 정보를 얻어낼 수 있을 것 같지는 않았다.

적시운은 더 시간 낭비를 하지 않기로 했다.

"알겠어. 이쯤 해두지."

"그럼…… 우리를 신뢰하겠다는 걸로 생각해도 되겠어?"

"그 정도까진 아니고, 불신하진 않는다고는 해둘게."

"고마워 죽겠네, 정말."

나지막이 투덜거리는 밀리아.

적시운은 그녀의 반응에 픽 웃었다.

"내가 꽤나 마음에 들지 않는 모양이지?"

"그래, 난 네가 마음에 안 들어. 생명의 은인이라는 것과 별개로 말이야."

"솔직해서 좋네. 하지만 나는 내 태도를 바꾸거나 할 생각이 없어. 그러니 네가 내게 맞춰야 할 것 같군."

"아, 그러셔? 그렇다면 지금 여기서 네게 결투를 신청하겠어!"

갑작스러운 선언에 모두가 멍해졌다.

"결투라고?"

"그래! 네게 도전하겠단 말이야."

밀리아가 벌떡 자리에서 일어났다.

"네가 나보다 강하다는 걸 증명한다면 충실한 수족이 되어 주지. 단, 이능력 같은 비겁한 수단은 동원하지 않아야 해."

"그런 억지가 어디 있어, 밀리아? 애초에 네 강화 육체부터가 이능력의 일종이잖아."

헨리에타의 타박에도 밀리아는 고집을 꺾지 않았다.

"난 그런 거 몰라."

"거짓말. 그 정도로 바보는 아니잖아."

"어쨌든! 서로 의심하고 경계하기나 하는 건 내 성미에 안 맞아. 그러니 이렇게라도 선을 긋자는 거야."

"그러려면 공정한 방식으로 해야지."

"그러면 나한테 승산이 없잖아. 이 녀석은 우리 넷이 덤벼도 이길 수 없는 상대니까."

"그래서 네게 유리한 룰로 싸우겠다고?"

"그래!"

사실상 어린애의 생떼나 다름없는 억지.

지켜보던 그렉이 한숨을 내쉬었다.

"보는 내가 다 창피하군."

"시끄러워! 난 너희처럼 머리 굴리는 건 못하니까 이렇게라도 결정할 수밖에 없잖아?"

그녀는 고집스러운 얼굴로 적시운을 내려다보았다.

"무기 정도는 허용해 주지. 날 쓰러뜨린다면 네게 복종하겠어. 간단하지?"

물끄러미 그녀를 쳐다보던 적시운이 픽 웃었다.

"무슨 고대 시대 아마존도 아니고."

"그게 뭔지는 모르겠지만 싸우지 않겠다고 해도 비웃지는 않겠어. 나도 이게 억지라는 것을 아니까."

"하지만 내게 협력하지는 않겠다는 거군."

"목숨값은 언제가 되더라도 반드시 갚겠어. 네가 우리들의 은인이라는 건 분명한 사실이니까. 하지만 그것과 별개로 나는 네 방식이 마음에 안 들어."

"그래서 때려눕혀 달라는 건가? 네가 내게 복종할 이유를 만들기 위해서?"

"할 수 있다면 말이지."

밀리아는 손가락 관절을 꺾으며 말을 이었다.

"너도 그쪽이 편할 것 아냐? 시시콜콜 말로 따지는 것보다."

"그건 그렇지."

적시운도 자리에서 일어났다.

"말 잘 듣는 개가 있어서 나쁠 건 없겠지. 안 그래도 저 녀석이 너무 말을 안 들어먹어서 골치 아팠거든."

헨리에타의 허벅지 위에서 뒹굴던 비상식량이 귀를 쫑긋 세웠다. 용케도 자기 얘기인 줄은 알아챈 모양이었다.

헨리에타가 걱정스런 얼굴로 적시운을 바라봤다.

"잠깐, 정말 밀리아하고 싸우려고?"

"그래, 육체 대 육체로. 대신 무기 없이 붙지. 무기까지 들면 내가 너무 유리할 테니까."

넘치다 못해 터질 듯한 여유.

그 말이 자극이 된 듯 밀리아의 눈썹이 꿈틀댔다.

“아, 그러셔? 나 정도는 무기 없이도 박살 낼 수 있다는 거야?”

“그래, 너 정도를 상대하는 데 염동력이나 무기까지 쓸 것도 없지.”

또박또박 받아치는 적시운.

밀리아는 사납게 웃었다. 버서커의 상징과도 같은 시푸른 힘줄이 그녀의 근육 위로 도드라졌다.

“따라와! 얼마나 잘났는지 확인해 줄 테니!”

“좋을 대로 해.”

두 사람이 아지트 바깥으로 향했다.

헨리에타는 전전긍긍하는 얼굴로 손끝을 깨물었다.

“어쩌지? 말려야 하지 않을까?”

“그가 걱정되시나요?”

“그건…….”

아티샤의 질문에 헨리에타는 머뭇거렸다. 그렇다고 대답하고 싶었지만 사실 적시운이 크게 걱정되지는 않았던 것이다. 애초에 그가 아무런 생각도 없이 밀리아의 도전을 받아들였을 리는 없었으니.

“육체만으로 싸우는 척하면서 염동력을 쓰려는 걸까?”

"궁금하다면 나가서 직접 확인하면 되잖아요?"

"그건 그렇지만……."

헨리에타는 비상식량을 껴안고서 침묵했다. 적시운이 잘못되는 것도, 밀리아가 쓰러지는 것도 보고 싶지 않다는 게 그녀의 심정이었다.

"그럼 내가 대신 확인해 주지."

"아. 같이 가요, 그렉."

그렉과 아티샤가 바깥으로 향했다.

비상식량과 단둘이 남게 된 헨리에타는 한숨을 쉬었다.

"사람 간의 유대를 만든다는 게 이렇게나 힘든 일인 줄은 몰랐어."

그르르릉.

비상식량은 그녀의 옷섶 사이로 자꾸 파고들려 했다. 어떻게든 막대 과자를 찾아내려는 것으로 보였다.

결코 작지 않은 진동이 찾아든 것은 바로 그때였다.

쿠구구구.

아지트가 거세게 좌우로 흔들렸다.

헨리에타는 흠칫하여 소파에 손을 얹었고 비상식량은 황급히 그녀의 가슴 사이로 파고들었다.

"뭐지?"

진동이 멎고 얼마 지나지 않아 그렉과 아티샤가 안으로 들어왔다. 나간 지 3분도 채 지나지 않은 시점이었다.

“설마…… 벌써 끝난 거야?”

헨리에타의 물음에 아티샤가 고개를 끄덕였다. 귀신이라도 본 것 같은 표정이었다.

2

내리쬐는 햇살조차 사치가 되어버린 세계.

화창한 날씨를 만끽할 수 있는 날은 그리 많지 않았다. 막상 햇볕이 쨍쨍 쏟아지더라도 황무지의 거친 황사가 바람을 타고 날아들기 일쑤. 따스하며 공기까지 맑은 날은 손에 꼽을 정도였다.

그런 면에서 오늘은 몇 개월에 한 번 올까 말까한 하루라고 할 수 있었다.

“따사로운 날씨네요. 빨래도 금방 마르겠어요.”

“그러게. 그것 좀 건네줄래?”

“잠시만요.”

촤악.

아티샤가 물빨래가 끝난 옷가지를 꺼내 들었다. 옷을 건네받은 헨리에타가 옷이 해지지 않게끔 조심스럽게 물기를 짜냈다. 세탁기도 탈수기도 없다 보니 모든 과정은 수작업으로 이루어지고 있었다.

뭔가 역할이 거꾸로 된 것 같은 모습.

하지만 이게 제대로 된 역할 분담이라 할 수 있었다. 아티샤의 근력은 미니건을 한 손으로 드는 수준. 그런 힘으로 물기를 짜내려 했다간 옷이 해지다 못해 찢겨 나갈 게 뻔했다.

빨랫감은 그리 많지 않았다. 기껏해야 일행의 옷가지 몇 벌이 전부. 그래도 조금이나마 적시운에게 도움이 되는 일이었기에 헨리에타는 기분이 좋았다.

"두 사람은 어디로 간 걸까요?"

"하층민 구역을 돌아보고 있을걸. 방사선 장치를 설치할 장소를 찾아야 할 테니."

"적시운 님은 그 장치로 뭘 하려는 걸까요?"

"글쎄……."

쓸데없는 일은 분명 아닐 것이다. 일단 헨리에타가 확답할 수 있는 수준은 그 정도였다.

"우리가 고민해 봐야 답이 나올 것 같지는 않은걸."

"후후, 그러게요."

빨래를 마치고 난 두 여인은 아지트 내부를 청소했다.

적시운이 설치해 둔 트랩들은 해제해 놓은 상태. 사람은 둘째 치고 비상식량이 멋대로 뛰어다니다가 건드릴 수도 있었기 때문이다.

물론 적이 습격해 올 때를 대비해 언제든지 활성화할 수 있게끔 해두었다.

헨리에타를 포함한 네 사람은 아예 적시운의 아지트에서 함께 생활하게 되었다. 따로 잡아둔 숙소가 있었지만 해약한 뒤. 두 장소를 왕래하는 과정에서 미행이 붙을 가능성이 있었기 때문이다.

식료품이나 물자를 구입하는 일 또한 두 사람이 맡았다. 더불어 도시에 오가는 소문도 나름대로 수집해 봤지만 지금껏 그럴싸한 정보 하나 건지지 못한 상태였다.

적시운은 그렉을 끼고서 하층민 구역을 돌아다녔다. 생각보다 두 사람의 죽이 잘 맞는 모양이었다.

그리고 밀리아는…….

"벌써 일주일이나 지났구나."

헨리에타의 얼굴에 그림자가 드리워졌다.

"그때 바보처럼 고집을 부리지만 않았어도……."

"안타까운 일이었어요."

아티샤 또한 우울한 얼굴로 말을 받았다.

"그래도 밀리아 씨가 보여준 용기와 결단력, 막무가내 정신은 우리 마음속에 언제까지나 살아 있을 거예요."

"나 아직 안 죽었거든? 죽은 사람 얘기하듯 말하지 말아줄래?"

아지트 안쪽에서 항의가 들려왔다. 아티샤와 헨리에타는 서로를 바라보며 웃었다.

"귀 하나는 밝단 말이야."

"저래 봬도 일단은 버서커니까요."

"버서커들은 원래 청각도 좋아?"

"믿을 게 몸뚱이밖에 없으니 아마 그렇지 않을까요?"

"다 들리거든? 지금 나 놀리는 거지?"

"알고 있으니 다행이네."

헨리에타는 아지트 안으로 들어섰다. 사지에 깁스를 한 밀리아가 군용 침대에 누워 있었다.

"몸은 좀 어때?"

"아파 죽겠어."

"그러게 왜 바보 같은 고집을 부려서……."

"헨리에타, 나 배고파."

"알았어. 조금만 기다려."

헨리에타가 부엌으로 향하자 구석진 곳에서 비상식량이 불쑥 튀어나왔다.

"너는 저거 있잖아."

헨리에타가 그릇에 담긴 사료를 가리켰지만 비상식량은 거들떠보지도 않았다.

"내가 바보짓을 했지."

그녀는 냉동식품을 전자레인지에 넣었다. 식품이 데워지며 구수한 냄새가 풍기자 비상식량의 얼굴도 밝아졌다.

"자기 건 줄 아는 모양인데."

"역시 그런 것 같죠?"

아티샤가 쿡쿡 웃었다.

"본바탕이 늑대라 사료가 맞지 않는지도 모르겠어요."

"내버려 두고 굶기면 자기가 알아서 사냥해 오려나?"

"조금만 더 크면 그러겠죠?"

땡 소리와 함께 조리가 끝났다. 알맞게 익은 닭 가슴살이 그윽한 향기를 풍겼다. 헨리에타는 접시를 들고 밀리아에게 돌아갔다.

"제가 할까요?"

"아니, 됐어. 내가 할게."

밀리아는 사지를 쓸 수 없는 상태. 그렇기에 음식을 먹여 주는 것도 그녀들의 몫이었다.

닭 가슴살을 본 밀리아가 미간을 찡그렸다.

"으으, 좀 다른 메뉴는 없어?"

"없어. 그리고 몸을 회복하려면 단백질을 많이 섭취해야 할 거 아냐?"

"그래도…… 닭 가슴살만 먹으니 냄새만 맡아도 진저리가 나."

"다친 네 몸을 탓해야지 어쩌겠어."

헨리에타가 살코기를 적당히 잘라 포크로 찍어 내밀었다. 밀리아는 미간을 찡그리면서도 입을 벌렸다. 후다닥 달려온 비상식량이 그녀의 몸 위로 올라가선 살코기를 낚아챘다.

"이 망할 똥개가!"

밀리아가 빽 소리를 질렀다. 음식을 뺏긴 것보다 얼굴을 밟힌 게 화가 난 눈치였다. 하필 녀석의 발톱에 콧등이 긁혀 버린 것이다.

쓴웃음을 지은 아티샤가 부엌으로 향했다.

"하나 더 조리해야겠네요."

"주지 마! 저 똥개한테 닭고기는 사치야!"

"진정해, 좀. 생후 한 달도 안 된 강아지한테 열불 내봤자 너만 손해야."

헨리에타의 핀잔에도 밀리아는 이를 부득 갈았다.

"자리 털고 일어나면 저 망할 늑대부터 삶아 먹을 테다."

"바보."

어느 정도 상황이 진정되고 평화가 찾아왔을 즈음 적시운과 그렉이 복귀했다.

"또 다른 음식 먹였어?"

사료 그릇을 본 적시운이 물었다.

닭 가슴살 봉지에 머리를 처박고 있던 비상식량이 고개를 불쑥 쳐들었다. 천진난만하다 못해 뻔뻔한 모습에 적시운은 혀를 찼다.

"목구멍에 사료를 직접 쑤셔 넣어야 먹으려나."

"일은 잘 풀렸어?"

"대강은."

헨리에타의 질문에 대답한 적시운이 밀리아를 돌아봤다. 밀리아의 얼굴은 홍당무처럼 발개져 있었다.

"오, 오셨어요?"

첫날밤 신부처럼 조신한 태도에 적시운은 피식 웃었다.

"그냥 원래 하던 것처럼 말하라니까."

"그럴 수는 없어요. 적시운 님께선 저를 굴복시키셨는걸요."

모르는 사람이 들으면 이상한 오해를 할 법한 소리였다.

적시운은 어깨를 으쓱하고는 걸치고 있던 소총을 내려놓았다.

"난 딱히 네 태도가 어떻든 상관없어. 말 잘 듣고 시키는 일만 잘하면 그만이니까. 그러니까 굳이 어울리지도 않는 말투를 쓰려고 노력하지 않아도 돼."

"그럴 수는 없어요."

"내가 명령한다고 해도?"

"그, 그건……."

밀리아는 뭐라 대답하지 못한 채 땀만 삐질삐질 흘렸다. 적시운은 그쯤 해두기로 했다.

"부르기 편한 대로 해. 더 설득해도 들을 것 같지 않으니."

"네……."

"그런데 너희들, 어차피 언젠가는 길드로 돌아가야 하는 거 아냐?"

네 사람이 서로를 돌아봤다.

"저는 적시운 님 곁에 남겠습니다."

밀리아가 득달같이 대답하고는 헨리에타를 돌아봤다.

"돌아가게 되면 내 얘기 좀 대신 전해줘."

"자, 잠깐. 정말로 길드를 탈퇴하려고?"

"난 이미 오래전에 마음을 정했어."

"……며칠 전까지만 해도 돌아가고 싶다고 노래를 불렀잖아."

"그랬지. 하지만 적시운 님에게 뼈마디가 모조리 부서지고 나서는 마음이 바뀌었어."

"……."

밀리아는 동경이 담긴 눈으로 적시운을 올려다봤다.

"이렇게까지 저를 박살 낸 사람은 당신이 처음이에요."

"……."

"제 몸도 마음도 적시운 님에게 바치겠어요. 당신은 그럴 만한 자격을 지니셨으니까요."

적시운은 내심 침음했다.

'원래 정신머리가 없는 걸까, 세게 얻어맞고서 맛이 가버린 걸까.'

[어쩌겠나. 이게 다 천마신공을 남용한 자네의 업보인 것을.]

'언제는 마음껏 쓰고 다니라며?'

[흠? 본좌가 그랬던가?]

딴청을 피우는 천마의 태도에 적시운은 혀를 찼다.

밀리아와의 결투는 단 일격으로 결판이 났다. 천랑섬권이 그녀의 복부에 꽂힌 순간 그녀의 몸은 문자 그대로 붕괴됐다.

체구만 보자면 적시운보다도 큰 그녀의 몸이 거의 수 미터를 솟구쳤다가 곤두박질쳤을 정도.

근육은 결을 따라 찢기고 뼈마디는 모조리 박살이 났다. 나름대로 힘 조절을 한 게 무색해졌다.

가장 크게 놀란 건 권격을 펼친 적시운이었다. 제이콥 토마호크를 일격에 해치웠던 그때보다도 위력이 일취월장했던 것이다.

'전력을 다한 게 아닌데도 말이지.'

오소독스를 떠나온 이래 지속적으로 성장한 결과였다.

밀리아는 즉사에 가까운 타격을 입었다. 사실 평범한 인간이었다면 시체조차 건지지 못했을 것이다. 그럼에도 그녀는 목숨을 겨우 부지할 수 있었다. 순전히 버서커 특유의 끈질긴 생명력 덕택이었다.

결과적으로는 오히려 적시운이 약간 마음의 빚을 지게 된 셈이었다. 냉정히 말하자면 밀리아가 매를 번 것이었지만 그래도 조금 과했다는 게 적시운의 생각이었다.

[적당히 봐줬다면 역효과가 났을지도 모르지.]

'그랬으려나?'

[차라리 이게 잘된 거라고 생각하게. 어쨌든 저 처자도 죽지는 않았으니.]

천마의 의견도 일리는 있었다. 적시운은 본신의 실력을 보여주는 동시에 헨리에타 일행에게 경각심을 심어줬다. 배신했을 때의 대가가 어떠한지를 간접적으로 보여준 셈. 만약 네 사람 중 딴마음을 품은 자가 있었다면 이번 일로 재고하게 됐을 게 분명했다.

반대로 그들이 진심으로 적시운의 편이라면 이번 일로 믿음이 공고해졌을 공산이 컸다. 강력한 우군만큼 믿음직한 존재도 없는 법이니까.

"나 또한 길드보다는 네 쪽에 흥미가 동하는군. 가능하다면 너를 지속적으로 관찰하고 싶다."

그렉의 말에 적시운은 쓴웃음을 지었다.

"꼭 실험 대상을 대하는 듯한 태도인데."

"실험보다는 관찰이라고 표현하는 게 보다 정확하다고 본다."

"내 능력에 흥미가 동했다는 건가?"

"그게 40퍼센트쯤 될 것이다."

"그럼 나머지 60퍼센트는 뭐지?"

"네가 추구하는 목적, 그리고…… 아직 우리에게도 숨기고 있는 몇 가지 비밀에 대한 호기심이라고 해두지."

"그래?"

아무래도 그렉은 알고 있는 눈치였다. 밀리아를 쓰러뜨린 일격이 이능력과는 전혀 별개의 능력이었다는 것을.

'어쨌든 곁에 둬서 나쁠 건 없겠지.'

유능한 걸로 보자면 나머지 셋을 합친 것보다도 나은 그렉이었다. 곁에 두면 두고두고 도움이 될 터였다.

"저는 조금만 더 생각해 봐도 될까요? 적시운 님에게도 흥미가 동하지만 길드에도 애정이 있거든요."

"좋을 대로 해. 선택을 강요할 생각은 없으니."

"고마워요."

찡긋 윙크를 한 아티샤가 자리에 앉았다.

자연스럽게 모두의 시선이 헨리에타에게로 쏠렸다. 그녀는 무심한 척 창밖을 바라보고 있었다. 두 뺨이 발갛게 상기되어 있다는 점에서 이미 무의미했지만.

"어쩔 수 없지. 두 번이나 진 목숨 빚을 갚아야 할 테니. 나도 네 곁에 남아줄게."

"아니, 굳이 그러지 않아도 상관은 없는데."

헨리에타가 당황해서는 고개를 홱 돌렸다.

입만 벙긋거리는 그녀를 보며 아티샤가 미소를 지었다.

"솔직하지 못하네요, 공대장님."

"그, 그런 것 아냐."

고개를 숙이고서 대꾸하는 헨리에타. 적시운의 눈치를 살핀 그녀가 조심스럽게 말했다.

"방해는 되지 않겠어. 아니, 당신에게 반드시 도움이 될 거라고 약속해."

"좋아, 그렇다면 나도 그에 대한 답변을 해줘야겠지."

적시운은 네 사람을 돌아봤다.

"내 과거를 모두 털어놓기는 어려워. 이해시키기 어려운 부분이 그렇지 않은 부분보다 훨씬 많으니까. 그래도 어느 정도의 설명은 필요할 거라고 생각해."

헨리에타와 아티샤가 고개를 끄덕였다. 밀리아도 그걸 따라 하려다 고통에 움찔했다.

"내 고향은 대한민국. 지구 반대편에 위치한 나라야. 그리고 내 목표는……."

적시운은 나직이 말을 이었다.

"그곳으로 돌아가는 거야."

3

등잔 밑이 어둡다던가?

적시운은 그 격언을 한 번 더 믿어보기로 했다. 작센을 통해 구매한 방사선 장비를 폐허가 된 백화점 지하에 설치하기로 한 것이다.

커럽티드 울프와 일전을 벌였던 장소.

늑대 및 인간들의 시체마저 싹 수거된 지금은 그저 폐허만이 남아 있을 따름이었다.

그곳으로 비밀리에 장비를 옮겨놓았다. 다행히 감시 따위는 남아 있지 않았다. 하기야 볼일 다 본 폐허에 사람을 남겨 무엇을 하겠느냐만.

물론 적시운은 그 생각의 허점을 노린 것이었다.

꼬리를 밟힐 가능성이 있었기에 구매자 명의를 포함한 모든 개인 정보는 제삼자의 것을 사용했다.

장비 설치 다음은 개조 작업 및 전력 공급.

그렉이 장비 개조 작업을 하는 동안 적시운은 소형 발전기를 설치했다. 더불어 대량의 트랩을 백화점 곳곳에 깔아놓았다. 혹시 모를 불청객을 대비한 것이었다.

"여기를 제2의 아지트로 삼아도 되겠는데."

"퀴퀴한 시체 냄새만 해결한다면 말이지."

적시운의 말에 그렉이 대꾸했다.

몇 시간 동안 한두 번 오갈까 말까 한 대화. 두 사람 모두 말을 자주 꺼내는 편은 아니었다.

말수 자체가 적은 그렉과 달리 적시운에겐 따로 말상대가 있다는 게 차이점이었지만.

[자네의 세계를 파악하고 난 다음 내린 결론이네만.]

천마가 진지한 어조로 말했다.

[자네에게도 추종자들이 필요한 것 같네.]

'추종자?'

[그렇다네. 주군의 한마디에 목숨도 걸 수 있는 무사들. 주군의 적이 그 누구건 간에 두려움 없이 싸우는 투사들 말일세.]

'당신이 끌고 다니던 패거리처럼?'

[본좌의 천마신교처럼.]

적시운은 침묵했다. 확실히 천마의 말마따나 혼자서 할 수 있는 일엔 한계가 있었다. 개인이 소유한 무력과는 별개로.

'하지만…….'

[주저할 것 없지 않나? 배신이 치명적인 것은 약자들에게나 해당되는 얘기일세. 무엇보다 조직 구조만 체계적으로 잡아놓아도 배신 따위에 흔들리는 일은 방지할 수 있네.]

'뭐, 예전처럼 언제 뒤통수를 맞을까 벌벌 떠는 것은 아니긴 한데.'

적시운은 거칠게 머리를 긁적였다.

'그래도 말이야. 목적이 저 바다 건너 다른 나라로 돌아가는 녀석을, 과연 진지하게 따를 인간이 몇이나 되겠어?'

[최소한 4명은 확보하지 않았나.]

적시운은 시선을 힐끔 돌렸다. 중형 방사선 사출 장치를 손보고 있는 그렉의 뒷모습이 눈에 들어왔다.

본래는 마수를 대상으로 한 생체 실험용으로 만들어진 장비. 방사선 투사량과 마수의 진화 간의 관계를 밝히기 위해 만들어졌다고 했다. 그럼에도 의료 장비로 취급받는 것은 궁극적으로 인체에 대한 투사 또한 목표로 하고 있기 때문이었다.

'방사능을 쬐어 초인을 만들겠다는 거지. 무슨 코믹스 히어로도 아니고.'

방사능은 마수에게 있어 강화제지만 인류에게 있어선 파멸의 에너지다. 그것은 먼 옛날 20세기에 이미 밝혀지고도 남은 사실이었다.

그럼에도 이러한 계획이 암암리에 시도되는 이유는 하나였다.

'블랙 링.'

적시운은 고개를 들어 하늘을 응시했다. 우중충한 잿빛 하늘 너머로 천공을 가로지르는 흑색의 고리가 보였다.

상공을 가로지르는 블랙 링의 등장 이후, 지구의 기초 물리학은 송두리째 뒤집혔다. 세계 전체가 기존의 물리 상식과 완전히 어긋나는 공간으로 변해 버린 것이다.

그중에서도 특히 돋보이는 변화는 두 가지. 이능력과 이온 에너지의 등장이었다.

방사능에 대한 관심 또한 같은 맥락에서 시작됐다.

"본래라면 인간을 파멸시킬 방사선의 에너지가 어쩌면 물리 법칙의 변화와 함께 바뀌었을지도 모른다."

그런 가설을 기반으로 여러 시도가 벌어지고 있었다. 아직까진 별다른 성과가 없었지만.

"끝났다."

그렉의 목소리에 적시운은 상념에서 벗어났다.

"벌써?"

"방사선 사출 조절 리미터만 해제하면 그만이니까. 그리 어려운 작업은 아니었다."

"그렇군. 수고했어."

"지금 바로 시작할 생각인가?"

"그래, 굳이 시간 끌 것은 없잖아."

"네 능력을 얕보는 것은 아니지만……."

살짝 주저하던 그렉이 말했다.

"기존의 방사선 사출 장치는 어디까지나 인간용이다. 장기간 노출되면 위험하긴 하지만 단기간에 사망에 이를 정도는 아니다."

"한데 이건 다르다는 거군."

"말 그대로 사출량을 상승시켰으니까. 마수용 사출 장치마저 능가할 정도이니 건장한 성인도 10분을 버티지 못할 거다."

"그래?"

적시운은 턱을 괴었다.

"그렇다면 방사능 누출을 막을 설비부터 확보해야겠군. 이 근처를 방사능 바다로 만들어서 좋을 건 없으니."

"그것도 그렇지만 나는 본인 걱정을 하라고 말한 것이다."

"아, 하긴."

적시운은 피식 웃었다. 하긴 그렉의 입장에선 적시운이 그저 미친 짓을 하려는 것처럼 보일 터였다.

"하나만 묻겠는데 저 사출 장치에서 발생하는 방사선은 커럽티드 울프와 비교하면 어느 정도지?"

"아."

그렉은 뭔가를 깨닫고서 고개를 끄덕였다.

"그렇군. 넌 엘리트 레벨 커럽티드 울프와 싸웠었지. 그것도 두 마리나."

"그래."

"도중에 방호 장비가 깨졌었던 건가?"

"수컷 우두머리와 싸우는 와중에."

"그러고도 장기간 근접전을 벌였다는 거군. 이후에 후유증은 없었나?"

"싸우고 나서는 현기증이 약간 느껴졌었는데 그 이후로는 별문제 없었어."

"그렇다면…… 사출 장치에 노출되어도 큰 문제는 없을 것이다. 믿기 어려운 일이지만."

"좋아. 그러면 누출 방지용 설비만 확보하면 되겠군."

마수와의 전쟁은 곧 방사능과의 전쟁과 다름없었다. 방사능은 마수들을 강화하는 효과를 지니고 있었고 그로 인해 다수의 핵병기가 무력화되었다.

사실 무력화되는 정도에서 그친 게 아니었다. 마수들은 각국의 핵 격납고와 원자력 발전소를 집중공격했다.

폭발 이후의 원자운(原子雲) 속에선 보다 강력한 마수들이 탄생했다.

대대적인 변화가 이를 뒤따랐다.

인류의 주 에너지원의 자리는 원자력으로부터 이온 에너지로 넘어갔다. 방사능을 막기 위한 갖가지 기술에 대한 연구 또한 경쟁적으로 이루어졌다.

목적은 오직 하나.

살아남기 위하여.

덕분에 방사능 억제와 관련된 기술은 21세기와 비교할 수 없을 정도로 발전했다. 체르노빌, 후쿠시마 원전 사고와 같은 전례는 빚어지지 않게 된 것이다. 사실 방지책의 발전보다도 원자력 발전소 자체가 역사 속으로 사라진 탓이 더 컸지만.

"방호 설비도 그자에게 의뢰할 건가?"

"그래야지. 실력 좋고 가격도 합리적이니."

"단지 그 이유 때문인가?"

그렉의 말에서 묘한 얼룩이 묻어났다.

적시운은 의아한 얼굴로 그를 돌아봤다.

"그 이유 때문이냐니, 그게 무슨 소리지?"

"사실 나는 네가 처음부터 레지스탕스와 관련된 인물일 거라고 추측했다. 그렇기에 조로아스터 또한 너를 노리는 거라고 말이야."

"어째서 그렇게 생각했는데?"

"동양인이잖나."

적시운은 미간을 찡그렸다. 북미 대륙 내 동양인의 인구수는 전 인종을 통틀어 최하위를 다퉜다. 숫자가 적다는 것은 곧 약하다는 것. 차별 및 배척을 당한다는 것쯤은 보지 않아도 알 수 있었다.

전쟁 이전의 세계에서조차도 그런 경향이 있었다고 할 정도니, 지금이야 말할 것도 없으리라.

'하지만…….'

고작 그런 이유 때문에 시타델의 경영자가 나서서 잡으려 한다?

납득하기 어려운 일이었다.

그렉 또한 적시운의 표정에서 자신이 실수했음을 깨달았다.

"아무래도 너는 레지스탕스에 대해 전혀 모르는 눈치로군."

"여기 사람이 아니니까. 어쨌든 요점만 간략히 설명해 봐."

"그러지. 간단히 말해, 레지스탕스의 원래 리더는 동양인 여성이었다."

"동양인 여성?"

"그래, 원래는 제국 내 요직에 있던 학자라더군."

"설마……."

한 사람의 얼굴이 적시운의 뇌리를 스쳤다.

"그 여자의 이름이 뭐지?"

"내 기억이 정확하다면…… 아마 세실리아였을 것이다.

풀네임이 세실리아 김이었던가?"

세실리아. 적시운이 이 땅에서 처음으로 조우한 A랭크 화염술사, 폭염의 마녀.

그러나 여기서 말하는 세실리아는 그녀를 가리키는 게 아니었다.

그녀에게 자신의 세례명을 물려준 여인. 세실리아가 큰할머니라 부르며 따르는 사람.

'김은혜.'

그녀를 지칭하는 것이 분명했다.

'그녀가 반란군의 리더였다고?'

하긴 생각해 보면 이상한 점이 많았다. 그저 차별 때문에 수백 명에 달하는 무리가 황무지로 달아났다는 것부터가 그랬다.

'단순히 자유를 찾아 시타델을 떠나온 게 아니었던 거다.'

그렉의 설명이 이어졌다.

"몇 년 되었을 거다. 정확한 시기까지는 기억나지 않지만 시타델 내에서 대대적인 반란이 일어났었지. 당시 반란을 주도한 리더가 그녀였다."

"그리고 실패했다는 건가?"

"그렇다. 당시 반란군의 과반수가 사살당했지. 오스카 백작의 진압은 무자비하고도 신속했다."

"……."

"그녀는 살아남은 무리를 이끌고 시타델 밖으로 달아났다. 그 이후의 소식은 나도 모른다."

"흠."

적시운은 팔짱을 끼었다. 대략적인 인과관계는 파악되었지만 여전히 의아한 부분들이 남아 있었다.

'저 말대로라면 그녀는 백작이나 조로아스터에게 있어 찢어 죽여도 시원찮을 적이라는 건데.'

하지만 김은혜의 태도나 조로아스터의 반응으로 봐선 그런 것 같지 않았다. 오히려 약간이지만 시타델 측이 꿀리는 듯한 느낌도 있었다.

'그녀가 뭔가 약점을 쥐고 있다는 건가?'

적시운은 그녀가 건네줬던 데이터를 떠올렸다. 태평양의 기후 패턴이 담겨 있는 자료. 그녀나 조로아스터의 반응으로 봐선 상당히 중요한 것 같기는 했다.

하지만 그게 전부일 거라는 생각은 들지 않았다. 뭔가가 더 있을 것이다. 다만 지금으로선 그게 무엇인지 알 수 없었다.

"그나저나 너는 세인트 로드에서 왔으면서 용케도 그런 걸 알고 있군."

"난 원래 이곳 출신이다. 케르베로스 길드에 들어간 지는 얼마 되지 않았다."

"그래?"

"뭐, 어차피 곧 사직서를 낼 입장이니 별 의미는 없지만."

"전에도 말했지만 굳이 은혜를 갚겠다고 그렇게까지 할 필요는 없어."

"딱히 그것 때문만은 아니다. 그때도 말했지만 난 네 목적에 흥미가 동했다."

"집으로 돌아가는 것에?"

"그래, 정확히는 바다를 건너는 것이라고 해야겠군."

그렉의 눈이 먼 허공을 향했다.

"그 너머에 무엇이 있는지 알고 싶다."

"안 봐도 뻔한 것 아닌가? 보나 마나 빌어먹을 마수 놈들 천지일 텐데."

"그렇기는 하지. 하지만 그것이 세상의 전부는 아닐 것이다."

"……그래."

적시운은 고개를 끄덕였다.

"뭐, 당장은 이곳의 일부터 마무리를 지어야 바다를 건너든 말든 할 수 있겠지만 말이야."

"결코 쉬운 일이 아닐 것이다. 어쩌면 북미 제국 자체와 정면충돌해야 할지도 모른다. 한 사람이 감당하기엔 너무나 거대한 적과 말이다."

"……."

적시운이 평소 생각하던 바와 일치하는 추측. 천마가 말했던 추종자의 필요성이 새삼 느껴졌다.

"그래도."

그렉은 지나가는 말투로 덧붙였다.

"너라면 가능할지도 모르겠다는 생각이 든다."

4

방사선 차폐 설비를 주문하기 위해 그렉이 떠났다. 혼자 남은 적시운은 백화점 내부와 외부를 두루 살펴봤다. 방어 시설이 제대로 설치됐는지 확인하기 위해서였다.

"이 정도라면 괜찮겠지."

아지트에 설치했던 트랩은 말 그대로 방범용에 불과했다. 기껏해야 전류를 흘려 스턴시키는 수준이었으니 말이다.

저지 능력은 충분할지언정 결코 치명적이진 않았다. 민간인 대상이라면 모를까 마수나 전문가에겐 통하지 않을 터였다.

반면 백화점에 설치한 방어 시설은 차원이 달랐다. 중점이 되는 설비는 무인 터렛과 클레이모어. 아지트에서와 달리 터렛에는 전류탄이 아닌 살상용 파열탄을 장착했다. 이곳이라면 후환을 걱정할 게 없었던 까닭이다.

클레이모어도 여러 대를 장치해 놓았다. 다만 후폭풍과 파편의 비산 각도를 감안해야 했기에 꼭 필요하다 싶은 곳에만 장치했다.

"그다음은……."

적시운은 백팩을 들어 올렸다.

"역시 사냥은 혼자서 해야겠지."

헨리에타 일행을 받아들이긴 했지만 사실 그들을 동료라고 생각하진 않았다. 그저 귀찮은 일을 떠맡아줄 하수인이랄까. 그 정도가 적시운의 생각이었다. 아마 그것은 당사자들도 알고 있을 테고.

무엇보다 적시운은 그들처럼 오순도순 모여서 사이좋게 사냥에 나서는 것은 익숙하지 않았다. 정부 소속 특무대이던 시절엔 어쩔 수 없이 팀플레이를 해야 했지만 그때도 자신과 맞지 않는다는 느낌을 수없이 받았었다.

그 가치관은 지금도 마찬가지.

적시운은 혼자가 편했다. 책임져야 할 것도 적고 신경 써야 할 것도 적었기에.

철컥.

적시운은 저격 소총을 어깨에 멨다. 그리고 잠시 고민하다가 작업용으로 가져온 전기톱을 집었다.

"아쉬운 대로 이거라도 써야겠어."

근접 병기라면 작센에게서 구입한 롱소드와 일본도가 있기는 했다. 하지만 생각보다 칼날이 길어 들고 다니기 거추장스러웠다. 무엇보다도 눈길을 잡아끈다는 게 문제였다.

'요즘 세상에 검이나 도 같은 건 아무도 쓰질 않으니.'

적시운으로선 눈길을 끌어 좋을 게 없는 일. 결국 두 자루의 검은 아지트 장식 신세가 되어버렸다. 언젠가 쓸 일이야 있겠지만 지금 당장은 아니었다.

"……."

적시운은 마지막으로 백화점을 돌아보고는 걸음을 떼었다. 그렉에게도 미리 말해뒀으니 별문제는 없을 터. 방사능 차폐 설비가 장치되기 전까진 개인 사냥에 집중할 생각이었다.

"그럼 오늘은 어느 쪽으로……?"

백화점은 하층민 구역의 정중앙에서 약간 남동쪽으로 치우쳐진 곳에 위치해 있었다. 쓰레기 폐기장과 가까운 만큼 인적은 비교적 드물고 마수들은 넘쳐 났다. 다만 그 수준이 낮다는 게 문제였다.

"기껏해야 구울이나 갑충류 따위이니."

남은 곳은 둘.

북쪽의 거주 구역과 남서쪽의 하수처리장이었다. 그리고 지금 당장은 거주 구역에 볼일이 없었다. 어쩌면 앞으로도 없을 테고.

'하층민이 모여 있는 빈민굴에 가 봤자 좋을 것은 없겠지.'

그렇게 진로가 정해졌다.

적시운은 서쪽을 향하여 걸음을 옮겼다.

[하수처리장은 시타델 시내에서 들어오는 모든 종류의 하수를 염소 처리한 후에 방류하는 곳입니다.]

미네르바의 설명.

물론 적시운이 듣고자 하는 것은 이런 게 아니었다.

"처리장 쪽은 좀 어떻지? 마수는 많이 나다니는 편이야?"

[처리장 근방의 섹터는 무인 방어 시설로 보호되고 있습니다. 마수들은 주로 처리장 북부의 방류처를 배회하는 경향을 보입니다.]

"방류처라."

약품 처리된 폐수가 방류되는 곳. 도시 전역에서 몰려든 하수 중에서도 가장 지저분한 것이 쏟아지는 장소다.

마수들이 기거하기엔 안성맞춤이라 할 수 있었다.

"냄새는 좀 고약하겠지만."

[냄새 하니 어릴 적 기억이 떠오르는구먼.]

"그건 또 무슨 소리야?"

[예닐곱 살 무렵이었을 걸세. 본좌가 속해 있는 교파의 무리가 대대적인 습격을 받았지. 덕분에 본좌가 출도하기 전까진 본좌의 교파인 백련교는 쥐죽은 듯 지내야 했네.]

"그 일과 냄새가 무슨 관계인데?"

[당시 본좌는 추격자들을 피해 시체 더미 속에 몸을 숨겨야 했었지.]

"시체 더미 속에……."

[이레 가까이를 말일세.]

"이레라면, 7일씩이나?"

[그렇다네. 숨죽이고 엎드린 채로. 배변도 네댓 번은 지렸을 걸세. 방뇨야 말할 것도 없고.]

"……."

[본좌가 풍기는 냄새와 썩어가는 시체들이 풍기는 냄새가 폐부를 찢는 느낌이었지. 그나마 싸늘한 초겨울이라 부패가 더뎠다는 게 위안거리였네.]

생각하는 것만으로도 몸서리가 쳐졌다. 천마의 기억을 지니고 있는 적시운이기에 더더욱.

"젠장."

[여하간 자네도 본좌만큼이나 악취와는 친숙한 입장이로군. 안 그런가?]

"살아남기 위해선 개똥밭에서라도 굴러야 하니까."

[살아남아 집으로 돌아가기 위해 말이군.]

"그래."

적시운은 걸음을 멈췄다.

하수처리장까지는 아직 상당한 거리. 그럼에도 멈춘 것은 기감에 무언가가 와 닿았기 때문이었다.

'인간. 스무 명쯤 된다.'

무장은 가벼운 수준. B급 이상의 마수는 상대하기 버거운 정도였다. 그래도 움직임은 제법 그럴싸한 게 상당한 훈련을 받은 듯했다. 괜히 가까이 가 봐야 귀찮기만 할 터.

'조금 멀리 돌아가더라도 접근하지 않는 편이 낫겠지.'

그렇게 생각한 적시운이었으나 몇 걸음을 옮기지 않고서 이내 멈추었다.

"……."

어딘지 모르게 익숙한 느낌. 인간 무리 중 한 명에게서 낯익은 느낌이 들었다.

적시운은 그 한 사람에게 기감을 집중시켰다. 그리고 얼마 지나지 않아 정체를 파악했다.

[그녀로군.]

머릿속에 울리는 천마의 음성.

적시운의 눈매는 이미 착 가라앉아 있었다.

그녀는 스무 명을 네 파티로 나누어 주변을 수색시키고 있었다. 본인은 조금 떨어져 홀로 수색 중이었는데 전투에는 나름 자신이 있는 모양이었다.

'그렇단 말이지?'

적시운은 시우보를 밟아 삽시간에 그녀에게 접근했다. 이어서 자연스럽게 보법을 설매경으로 전환시켜 그녀의 사각으로 이동했다.

거리는 대략 5m. 그녀는 적시운이 접근한 것조차 꿈에도 모르는 눈치였다.

'수하들과의 거리는 50m가량인가.'

수풀처럼 뻗어 있는 폐건물의 잔해들. 그것들이 엄폐물이 되어주는 덕에 시야에 잡힐 일은 없었다. 그래도 소리를 지르면 충분히 들을 수 있는 거리였다. 아마 연락용 통신기도 자체적으로 지니고 있을 테고.

'그렇다면…….'

아예 찍소리도 내지 못하게 만드는 편이 속 편할 터.

적시운은 자신의 오른손을 내려다봤다.

'음, 이 끝에 경력을 집중시켜서…….'

내심 중얼거리던 적시운이 미간을 찡그렸다.

'어디를 찌르는 거였지?'

[아문혈(啞門血)일세. 척골에서 일곱 치 올라간 뒷목 중앙.]

'아, 그래.'

[힘 조절에 주의하게. 저 처자를 불구자로 만들고 싶은 게 아니라면.]

목은 신경이 집중되는 곳.

천마의 조언이 아니더라도 특히나 주의해야 할 위치였다.

적시운은 기척을 극도로 낮추었다. 혹시나 모를 변수에 대비하여 마지막으로 주변을 감지했다.

변수는 없었다. 최소한 적시운이 느끼기로는.

팟!

결심을 내리자마자 모든 것이 삽시간에 이루어졌다. 그녀의 후방에서 튀어 나간 적시운은 중지 끝으로 여인의 아문혈을 짚고는 그녀의 몸을 낚아채어 그늘로 되돌아왔다.

여인, 클라리스는 그때까지도 사태 파악이 안 되는 모양이었다. 다만 자신이 곤란에 빠졌다는 것은 이해한 듯, 파랗게 질린 얼굴로 몸을 떨고 있었다.

그녀의 눈이 적시운과 마주쳤다. 경악뿐이던 눈동자 위로 미묘한 이채가 피어났다.

적시운은 그녀의 몸을 뒤져서 소형 통신기를 찾아냈다. 그대로 부숴 버릴까 했으나 혹시 모를 장치가 되어 있을지 몰라 일단은 끄덕이기만 했다.

"똑똑한 아가씨니까 알고 있을 테지. 네 목숨은 내 손아귀에 있다는 걸."

협박조의 느낌은 조금도 없는 메마른 음성. 하지만 그렇기에 더더욱 두려운 법이었다.

"이해했다면 눈을 한 번 깜빡여."

클라리스는 적시운의 말대로 했다.

"곧 네 목소리가 돌아오게 해줄 거다. 비명을 지르거나 허튼수작을 한다면 다시는 말할 수 없게 만들어주지. 이해했다면 눈을 깜빡여."

깜빡깜빡.

"한 번만 해. 어쨌든 내 말뜻을 알아들었다고 알겠어."

깜빡.

적시운은 그녀의 점혈을 풀었다. 자유를 되찾은 클라리스가 가쁘게 숨을 헐떡였다.

"다, 당신은……."

"묻는 말에 답하도록 해. 저 치들은 네 끄나풀인가?"

"아뇨."

클라리스는 단호히 말했다.

"동료예요."

"그러니까 끄나풀이라는 거잖아. 일방적으로 네 명령을

수행하는.”

“그건…….”

“뭐, 됐어. 어차피 정말 궁금한 건 그게 아니니까.”

“자, 잠깐만요.”

적시운은 미간을 찡그렸다.

“미안하지만 그쪽 얘기를 들어줄 생각은 없어.”

“그게 아니에요. 통신기 때문이에요.”

“통신기?”

“일정 시간 동안 신호가 끊기면 동료들이 제게 돌아오기로 되어 있어요. 그러니까…….”

“이걸 켜놓아야 한다?”

클라리스는 고개를 끄덕였다.

“당신과 우리 사이에 전투가 벌어지는 것만큼은 반드시 피해야 하니까요. ……우리들을 위해서라도.”

적시운은 그녀의 통신기를 다시 켰다. 초조하게 통신기를 응시하던 클라리스가 말했다.

“몇 마디만 동료들에게 해도 될까요? 당신에 대해선 일언반구도 않겠어요.”

“좋아.”

적시운은 흔쾌히 허락했다. 무턱대고 행동했다간 어떻게 될지 그녀쯤 되는 이가 모를 리는 없었기에.

"클라리스가 리벨리온 전원에게 알립니다. 현재 위치에서 1시간 동안 대기해 주세요. 30분 후에 다시 연락하겠습니다."

클라리스는 할 말만 정확히 끝마치고서 통신을 끊었다. 그게 암호가 아닐까 하는 생각도 들었지만 적시운은 개의치 않기로 했다. 설령 원군을 부르라는 식의 암호라 해도 딱히 상관은 없었다.

[모조리 밟아버리면 되니까 말일세.]

"뭐, 그렇지."

"네?"

"그쪽한테 한 말이 아냐."

적시운은 그냥 그렇게 설명하고 말았다.

클라리스는 의아해하면서도 고개를 끄덕였다.

적시운은 그녀를 똑바로 응시했다. 평소의 바텐더 의상과는 전혀 다른 전투복 차림. 그래도 미녀라는 데엔 변함이 없었다.

"나에 대해선 얼마나 알고 있지?"

"동양계. 20대 중반. 트리플 B랭크 염동술사. 시타델의 1등 시민."

헨리에타에게 했던 것과 거의 동일한 대답이었다.

"그 녀석들에게 나에 대해 알린 이유는 뭐지? 내가 어떻게 반응할지 간을 보려는 거였나?"

"그럴 리가요!"

격하게 반응한 클라리스가 황급히 음성을 낮췄다.

"신뢰를 보여주고 싶었어요."

"그 녀석들에게?"

"아뇨, 당신에게요."

적시운은 멍하니 입을 벌렸다.

"그 녀석들을 내게 보내는 게 어째서 신뢰를 주는 일이지?"

"네? 하지만 당신은 그들과……."

클라리스의 음성이 잦아들었다. 뒤늦게 자신의 실수를 깨달은 모양이었다.

"그들이…… 짐만 되었나요?"

"그런 건 아냐. 최소한 한 명은 쓸 만하기도 하고."

어차피 이미 엎질러진 물. 적시운은 다른 용건으로 넘어가기로 했다.

"이곳을 얼쩡거리던 이유는 뭐지? 나를 추적하던 거였나?"

"네?"

이번에도 반사적으로 반문하는 클라리스. 생각도 못 한 질문이라는 반응이었다.

"그럼 무엇 때문에 수색을 벌이고 있었지?"

"그건……."

5

세간에 알려진 것과 달리 저항군이 시타델 지방 정부에 입힌 피해는 그리 크지 않았다. 물질적 피해에 한한다면.

시타델의 입장에서 가장 뼈아픈 것은 김은혜가 빼돌린 데이터였는데, 이것은 공식적으로 언급하기 애매한 내용이었다. 때문에 피해를 과장할 수밖에 없었다.

여하간 분명한 것은 지방 정부가 무자비하게 저항 세력을 짓밟았다는 점이었다. 다시는 자신들에게 대들지 못하게끔.

혹시 모를 불만 세력에게 보내는 경고를 겸한 셈이다. 그러나 짓밟힌 싹이 기어코 일어나는 것처럼 레지스탕스는 끈질기게 살아남았다.

지도자인 김은혜가 상당수의 동양계 하층민을 이끌고 시타델을 빠져나갔지만 대다수의 저항 세력은 남는 쪽을 택했다.

언젠가 돌아올 복수의 날을 위해.

물론 지방 정부 측 또한 이를 모르진 않았다.

“그럼에도 가만히 내버려 두었지. 이유가 뭔지 아나?”

매카시의 질문에 타이터스는 잠시 고심했다.

“놈들이 아무리 발버둥 쳐 봐야 우리의 힘을 감당할 수는 없기 때문이 아니겠습니까?”

"그것도 그렇지만 실질적인 이유는 따로 있다. 효율성이지."
"효율성 말입니까?"
"그래, 자고로 해충은 구석구석에 숨어 있기 때문에 번거로운 법이거든."
매카시의 검지 끝에서 단검이 빙글빙글 회전했다. 칼날 끝이 손가락 끝을 찌를 법도 한 모습. 그러나 유심히 바라본다면 살갗과 금속 끝에 미세한 공간이 있음을 확인할 수 있을 터였다.
일종의 자기부상 능력. 칼날 끝과 손가락 끝에 같은 극의 자력을 발생시켜 단검을 띄우고 있는 것이었다.
"그렇기에 사전 작업이 필요하지. 먼지를 뒤집어써 가며 구석구석 집 안을 뒤질 필요가 없게끔. 놈들을 한곳으로 모이게 하는 작업 말이야."
팽이처럼 회전하던 단검이 멈췄다.
"그다음은 오히려 간단하지. 약물을 퍼붓든 불로 지지든 처치해 버리기만 하면 되니까."
매카시가 돌연 손을 뻗었다. 무형의 전자기 레일이 그와 목표점 사이에 생겨났다. 단검은 그 레일을 질주하는 열차가 되어 매서운 속도로 날아갔다.
턱!
살집에 칼날이 꽂히는 둔탁한 소리.

"끄……!"

묵직한 침음과 가쁜 숨소리가 뒤로 이어졌다.

"해충은 날고 기어봐야 해충이거든."

"끄…… 으……!"

수척한 외관의 중년 사내. 이미 한참을 구타당한 듯 온몸이 멍투성이였다. 어깨에 박혀 있는 단검은 가히 화룡점정.

그런 와중에도 매카시를 노려보는 눈빛은 형형한 빛을 띠고 있었다. 정작 매카시에게 있어선 그게 더 기쁜 일이었지만.

"가끔은 나도 동심으로 돌아간 기분을 느낄 때가 있단 말이지."

매카시는 한가한 어조로 말을 이었다.

"누구에게나 그런 경험이 있지 않나? 워낙 가지고 놀 게 없어서 뭐든 손에 잡히던 대로 쥐고 놀던 기억 말이야."

사내는 대답하지 않았다. 사실 하고 싶어도 할 수가 없었다. 누런 셀로판테이프가 단단히 입을 봉하고 있었으니까.

"넌 어떻지, 타이터스?"

"저도 비슷합니다."

매카시의 등 뒤에 서 있던 타이터스가 대답했다.

"내 경우엔 주로 곤충이었어. 방사능의 영향으로 주먹만 한 크기의 놈들도 심심찮게 발견할 수 있었거든."

"저도 그랬었습니다. 장난치기보다는 끼니를 때우기 위해 잡고는 했지만 말입니다."

"아, 그래. 식욕이 싹 가시는 겉모습만 참고 먹으면 제법 먹을 만했어."

"예, 킹크랩 맛과 그럭저럭 비슷하더군요."

"뭐, 지금 먹으라고 하면 손도 대지 않겠지만 말이지."

앞으로 걸어간 매카시가 단검 자루를 쥐었다. 고통에 꿈틀거리는 생생한 감각이 손바닥 전체로 느껴졌다.

매카시는 빈손을 뻗어 상대방의 입에 붙은 셀로판테이프를 떼었다. 점성이 남아 있는 침과 핏방울이 그의 얼굴까지 튀었다.

"더럽군."

매카시는 손수건을 꺼내어 얼굴을 닦아냈다.

그사이 타이터스는 육중한 주먹으로 사내를 두들겼다. 주먹이 한 번 꽂힐 때마다 사내의 메마른 몸이 수수깡처럼 꺾였다.

"그만."

타이터스가 주먹을 거두고 물러났다.

매카시는 웃음기 없는 눈으로 사내를 내려다봤다.

"이런 경우가 가장 피곤한 법이지. 대답할 마음이 추호도 없는 놈과 어떻게든 대답을 받아내야 하는 사람이 함께할 때

말이야.”

“개새끼.”

매카시는 픽 웃었다.

“삼류 요원들이라면 그런 말에 흥분할지도 모르겠군. 이류라면 네놈을 비웃고서 더한 고문으로 화답하겠지. 하지만 나는 다르다.”

매카시의 손가락 위로 단검이 떠올랐다.

“어차피 네게서 중요한 정보를 얻어낼 거라고는 생각하지 않아. 애초부터 그런 생각 따위는 없었다.”

사내는 고개를 들어 올려 매카시를 노려봤다.

“흠, ‘그러면 왜?’라고 묻는 듯한 시선이군. 이유는 간단해. 이건 일종의 의식이거든. 네놈들만 상대하는 거라면 전혀 필요 없을 의식.”

매카시는 웃었다.

“단순히 해충을 박멸하는 것에 그치게 되지 않았다는 거지. 오랜만에 제대로 된 사냥을 하게 되었거든.”

“그게…… 무슨 개소리냐.”

“어쩌면 사냥꾼을 거꾸로 잡아먹을지도 모르는 맹수를 말이야.”

단검이 재차 사내의 몸에 꽂혔다. 이번엔 반대편 어깨였다.

“끄으으윽!”

"그러기 위해선 사냥에 앞서 야성을 갈고닦을 필요가 있어. 안타깝게도 지금의 나는 평화에 찌들어 둔해져 있거든."

그랬다. 그놈을, 적시운을 그때 놓친 것은 그의 감각이 둔해져 있기 때문이었다. 그렇기에 두꺼워진 신경을 예리하게 세공할 필요가 있었다. 마음속에서 방심을 털어내고 전의를 다질 필요가 말이다.

그러기 위해 가장 좋은 방법은 역시 하나였다.

"살육의 감각에 익숙해지는 것이지."

매카시는 손가락을 튕겼다. 순간 초고압의 전류가 그의 손 밖으로 흘러나왔다. 그리고 피뢰침이나 다름없는 단검을 향해 몰려들었다.

번쩍!

한순간이었다.

고통에 찬 비명도 증오에 찬 저주도 없었다.

사내의 육체는 삽시간에 새카맣게 탄화됐다. 인간 형태의 숯이나 다름없는 모습.

매카시가 발갛게 달아오른 단검을 뽑았다. 비릿한 핏물 대신 매캐한 연기가 흘러나왔다.

"이 녀석이, 그러니까 레지스탕스의 연락책이었던가?"

"첩자 중 하나입니다. 치안 유지군의 순찰 계획표를 빼돌리려다 덜미가 잡혔습니다."

"아, 그래. 알아낸 정보는?"

"딱히 없습니다. 손가락을 잘라도 말을 않더군요."

매카시는 힐끔 시선을 내렸다. 새카맣게 탄 시체의 네 손가락이 짧았다.

"놈들이 한심한 이유가 이것이지. 어차피 뻔히 알아낼 정보를 금덩이라도 되는 양 꼭 쥐고 가려 한단 말이야."

"예? 하면……."

"저항군의 본거지 따위야 뻔한 것 아닌가? 암흑가 아니면 하층민 구역일 테지."

물론 그렇기는 할 것이다. 정말 중요한 건 그중에서도 어디냐 하는 것이겠지만.

저항군도 머저리는 아닌 이상 수많은 보안책과 아지트를 마련해 놓았을 것이다.

"아까도 말했지만 해충을 처치하는 데 가장 손쉬운 방법이 뭔지 아나?"

"그것은……."

타이터스는 바로 대답하지 못하고 어물거렸다.

매카시는 웃음기 없는 얼굴로 말했다.

"집까지 송두리째 태워 버리는 거지."

“그러니까.”

적시운은 미간을 찡그린 채 말했다.

“마수 퇴치 의뢰를 수행 중이었다는 건가?”

“예.”

클라리스는 고개를 끄덕였다.

“자금을 조달하기 위한 가장 쉽고 직선적인 방법이니까요.”

틀린 말은 아니었다. 태클을 걸고 싶어지는 부분이 한두 군데가 아니라서 문제일 뿐.

“시타델 측에 추적당할 염려는 없는 건가?”

“위장 신분을 쓰고 있어 문제 될 부분은 없어요. 시타델은 오히려 이를 장려하고 있고요.”

“그 이유에 대해선 생각해 본 적이 없고?”

“당장 돈이 되기 때문이겠죠. 신분 세탁 브로커들이 시타델에 가져다 바치는 뒷돈은 상당하니.”

“그뿐만은 아닐걸.”

“그럼요?”

“신분 위장자들은 솎아내기 쉽지. 브로커들을 통해 받은 데이터가 있을 테니까. 한마디로 시타델 놈들이 너희를 잡고자 마음먹는다면 하루아침에라도 추적하여 잡아낼 수 있다는 소리야. 위장 신분으로 행동한 기록들이 고스란히 남아 있을 테니."

"그건……."

당황한 클라리스가 말끝을 흐렸다.

"시타델 안에 수많은 위장 신분이 있을 텐데 그중에서 우릴 찾아낼 수 있다는 건가요?"

"찾으려 할 필요도 없어. 모조리 붙잡으면 그만이니까."

"……!"

"어차피 하나같이 범법자들이니 문제 될 것은 없지. 안 그래?"

클라리스는 대꾸하지 않았다. 사실 그녀 또한 어렴풋이 알고는 있었지만 지금껏 심각하게 생각해 본 적은 없었다.

적시운은 어깨를 으쓱했다.

"뭐, 중요한 얘기는 이게 아니지. 내게 손을 내민 것은 역시 시타델을 무너뜨리기 위함이겠지?"

"물론이에요."

클라리스의 두 눈에 돌연 적의가 감돌았다.

"그건 당신도 마찬가지겠죠?"

"아니."

"네?"

"아니라고 했어."

적시운은 딱 잘라 말했다.

“놈들이 날 방해하려 든다면 모를까 그게 아니라면 구태여 적을 만들 필요는 없지.”

“하지만…….”

클라리스는 당황한 듯 입술을 깨물었다.

“당신은 이미 매카시에게 습격당하지 않았던가요?”

“별걸 다 알고 있군. 그것도 해킹을 통해 알아낸 건가?”

“그래요. 놈들의 메일 박스를 열람했죠. 보고 서류는 필수적으로 데이터화되어 보관되니까요.”

“용케 뒤를 잡히질 않았군.”

“전 실력 있는 해커거든요.”

“혹은 놈들이 딱히 잡으려 하지 않을 만큼 잔챙이일 수도 있겠지.”

울컥했는지 클라리스의 눈초리가 위로 올라갔다. 하지만 그녀는 이내 눈을 내리깔았다. 상황을 주도하고 있는 것은 어디까지나 적시운. 지금 그의 성질을 건드려 봐야 좋을 것이 없었다. 무엇보다도 적시운의 전투력은 그녀를 훨씬 상회하고 있었으니까.

‘이 남자는 격이 달라.’

이능력자는 아니지만 그녀는 저항군의 선배들로부터 최고 수준의 전투 훈련을 이수했다. 단순 전투 능력은 어지간한 마수 사냥꾼 이상. 케르베로스 길드원들과 비교해도 크게 뒤떨어지진 않았다. 게다가 지니고 있는 장비 또한 첨단 장비뿐. 그중에는 은신한 적의 위치를 파악하는 소형 레이더까지 존재했다.

한데 적시운은 어렵잖게 그녀에게 접근했다. 나아가 순식간에 그녀를 제압했다. 단순히 상위 이능력자이기에 가능한 일만은 아니었다. 이능력을 뒷받침할 능력이 충분하기에 가능한 일이었다.

'조로아스터가 욕심을 낼 만도 해.'

그녀를 조심스럽게 입술을 핥았다. 이 남자를 어떻게든 아군으로 끌어들일 필요가 있었다.

"어쨌든 매카시는 당신을 제압하려 했어요. 그리고 제가 알아낸 바에 의하면 조로아스터 또한 당신을 제거하려 하고 있죠."

거짓말이었다. 조로아스터는 적시운을 어떻게든 포섭하려 하고 있었으니까.

하지만 구태여 진실을 알려줄 이유는 없었다.

오히려 그랬다가 적시운의 마음이 넘어가 버리기라도 하면?

그 이후는 생각할 것도 없었다.

그저 한 가지, 저항군이 파멸하리라는 것만은 분명했다.

"당신은 물론 강하겠지만…… 혼자로서의 힘엔 한계가 있어요. 그렇지 않나요?"

"그래서, 힘을 합치자고?"

"당신이 허락해 준다면."

클라리스는 조심스럽게 말을 이었다.

"시타델의 지배권을 당신에게 넘길 수도 있어요."

"그게 끝이야?"

"물론 그럴 리 없죠. 우리가 들어줄 수 있는 걸면 뭐든 들어주겠어요. 당신이 원하는 것이라면……."

그녀는 은근한 손길로 앞 단추를 풀었다. 의도가 뻔히 보이는 행동이었다.

"어때요?"

적시운은 픽 웃었다. 험난한 세상인 만큼 동원할 수 있는 무기는 모조리 동원해야 살아남을 수 있을 터. 그것이 무엇이 되었든 간에 말이다. 하지만 방식이 이렇게나 판에 박힌 듯해서야 실소가 나올 수밖에.

"작센에게서 이런 건 배우지 못한 모양이지?"

"네?"

"협상 실력이 형편없기 짝이 없다는 뜻이다."

"……."

클라리스의 얼굴이 딱딱하게 굳었다.

6

"간략히 따져 볼까? 우선 시타델의 지배권 따위는 내게 아무런 의미도 없어. 그건 그저 독이 든 성배에 불과하니까."

"어째서죠?"

"뻔한 것 아닌가? 시타델에 대한 반란은 곧 제국에 대한 반란과 같지. 조로아스터를 몰아낸다고 해서 끝날 문제가 아니야."

클라리스는 입술을 깨물었다. 적시운은 저항군의 가장 아픈 부분을 꼬집은 것이다.

"반란에 성공해 봐야 돌아올 것은 대대적인 제국군의 반격이겠지. 결국 달라질 건 없어. 망치에 맞아 죽느냐 바위에 깔려 죽느냐의 차이일 뿐."

"우리도 그쯤은 알고 있어요. 해서 대비책을 세워두었고요."

"퍽이나 대단한 대비책인 모양이군. 그게 뭐지?"

클라리스는 잠시 주저하다 말했다.

"오스카 백작을 구금하는 거예요."

"백작을?"

"그래요. 어디까지나 통치권은 황제가 임명한 영주에게 있으니까요. 그 말을 뒤집으면 영주만 무사하다면 제국에 대한 반역은 성립되지 않아요."

조로아스터를 축출한 후 백작을 제압한다. 그 후에 배후에서 백작을 조종한다는 계획.

묘책이라 하기는 어려웠다. 저항군의 입장에선 그나마 최선일 순 있겠지만.

"어쨌든 지금으로서는 너와 손잡을 생각이 없어. 그렇다고 시타델의 개가 되지도 않겠지만."

"……."

"그 점에 불만이 있다면…… 뭐, 알아서 하도록 해."

적시운은 자리에서 일어났다. 클라리스는 주먹을 불끈 쥐었지만 아무 말도 꺼내지 못했다. 그를 설득할 수단이 없었기에.

"어떻게 해도 안 되는 건가요?"

"저번에도 말했잖아. 내 도움을 받고 싶다면 내게 도움이 될 만한 것을 제시하라고. 인생사 모든 것이 기브 앤 테이크잖아."

"프로그램 관련해서 도와줄 만한 것 없어요? 보안을 뚫어야 한다거나, 뭐 그런 거요."

"딱히……."

없다고 말하려던 적시운은 잠시 멈칫했다. 제법 오랫동안 잊고 지내던 사실 하나가 새삼 뇌리를 스쳐 지나간 까닭이다.

'김은혜에게서 받은 USB.'

태평양의 기후 데이터가 담긴 USB 메모리. 무리 없이 풀 수 있을 거라던 그녀의 말과 달리 강력한 보안이 걸려 있었다.

프로그래머를 수배해 볼까도 했다. 그러나 마땅히 사람을 구할 방법이 없었다. 시타델 네트워크는 꼬리를 밟힐 염려가 너무 컸고.

결국 차일피일 미루기만 하던 차.

김은혜를 다시 찾아가 봐야 하나 하는 생각까지 들었다.

'하지만 이 여자라면.'

지방 정부의 네트워크를 수차례 해킹한 장본인. 추적당하지 않은 것인지 추적 자체를 하지 않은 건지는 몰라도 일단 보안을 뚫고 들어갔다는 것만은 인정할 만했다.

그녀라면 USB의 암호를 푸는 것도 가능할지 모른다.

그러나 여전히 마뜩잖았다. 고작 USB 암호 하나를 대가로 타인의 전쟁에 끼어든다는 건 수지가 맞지 않았기에.

적시운이 내심 고민하는 차였다.

삐이익.

갑작스러운 발신음. 흠칫 놀란 클라리스의 얼굴이 이내 흙빛으로 변했다.

삐빅. 삑. 삐비비빅!

잇따라 통신기가 신호를 보냈다. 클라리스의 얼굴이 시시각각으로 파랗게 질려갔다.

"마, 말도 안 돼……!"

"무슨 일이야?"

무심코 질문한 적시운의 표정도 삽시간에 굳었다. 그의 기감이 아슬아슬하게 닿는 먼 거리에서 조금 전 진득한 살기가 느껴졌다.

죽음의 냄새.

그 감각과 앞서 클라리스가 했던 말을 조합하면 답은 분명해지는 것이었다.

"적이로군. 그 신호는 동료들이 보낸 건가?"

"동료들의 생명 유지 신호가……."

말을 잇지 못하는 클라리스. 어차피 이어질 말은 추측할 필요조차 없었다.

"모, 모르겠어요. 뭔가가 잘못된 게 분명해요. 이렇게 갑자기 동시다발적으로 신호가 날아들 순 없는 거잖아요?"

없지는 않았다. 실력 좋은 암살자라면 목표물을 동시타격하는 것도 가능할 테니까.

적시운은 어깨에서 소총을 끌렀다.

"우선은 엄폐하지. 놈들이 곧 이곳까지 들이닥칠 거다."

"놈들?"

"정확하다 못해 질서정연하기까지 한 동시 타격을 마수들이 펼칠 수 있을 리 없잖아. 인간이야. 그것도 고도로 훈련된."

"그럴 리 없어요. 분명 통신기에 뭔가 문제가……!"

"계속 어기적거리면 나 혼자 간다. 그래도 좋다면 마음대로 해."

클라리스는 입술을 꾹 깨물었다. 흐느낄 것처럼 어깨를 떨던 그녀가 곧 표정을 가다듬었다.

"도와주세요."

"대가는?"

"살려만 주신다면 뭐든 해드리겠어요."

클라리스는 단호히 말했다.

"살아남아야 뭐든 할 수 있을 테니, 좋아."

암호 해제를 대가로 전쟁에 끼어드는 거라면 모를까 여인 한 명을 살리는 것이라면 어렵지 않았다.

[주박이라도 걸어놓지 않겠나? 나중에 딴말할 경우라도 대비해서 말이네.]

'주박? 주술 같은 건가?'

[그 정도는 아니고 점혈을 약간 응용한 것일세. 상대의 봉안혈(鳳眼穴)에 자네의 내공을 심어놓고서 말을 듣지 않으면 활성화시키는 방식이지.]

'내공이 활성화되면 어떻게 되는데?'

[어떻게 될 것 같나?]

의미심장한 반문.

적시운은 굳이 묻지 않기로 했다. 사실 머리를 조금만 굴리면 기억이 떠오르기도 할 터였고.

'당신의 기억은 내 머릿속에도 고스란히 심어져 있으니 말이지.'

[그게 자네의 천운이지.]

'어쨌든 됐어. 그 정도까지 할 필요는 없어.'

[좋을 대로 하게. 선택은 어디까지나 자네의 몫이지.]

적시운은 기감을 퍼뜨려 상황을 살폈다. 그의 감지 범위 내로 다섯 명의 인간이 들어선 상태였다.

풍기는 기도부터가 클라리스의 동료들과는 격이 달랐다. 하나같이 고도의 훈련을 받은 진짜배기 전투원. 그들의 정체를 추측하기는 어렵지 않았다.

"특무요원인지 뭔지 하는 놈들이군."

"그런! 그건 말도……!"

"안 되진 않아. 이곳이 제법 넓다고는 해도 결국은 도시니까. 너희를 찾고자 한다면 얼마든지 할 수 있겠지."

"그렇다면 왜 지금까진 그러지 못한 거죠?"

"그러지 못한 게 아니라 그러지 않은 거겠지."

클라리스의 얼굴이 하얗게 질렸다. 적시운의 말대로라면 그녀와 동료들은 조로아스터의 손아귀에서 놀아난 셈이었다.

"정신 차려. 이미 지나간 일을 붙들고 고민해 봤자 아무

소용도 없으니.”

“……뭔가 좋은 생각이라도 있어요?”

“그래.”

적시운은 서늘히 웃었다. 어차피 마수 사냥을 하려던 참이었다. 마수보다 강력한 인간이 상대라면 오히려 기뻐할 일이었다.

적시운은 조금 더 상황을 살폈다. 이쪽으로 접근하는 숫자는 다섯. 매카시는 포함되어 있지 않았다.

클라리스의 동료 분포가 다섯씩 네 파티였으니 대략 한 명당 하나의 파티를 해치운 셈이었다.

아직 이쪽의 기척을 감지하진 못한 모양. 그 정도면 사전 조사로는 충분했다.

“답례로는 부족하지 않겠지.”

“네?”

“여기서 기다려. 숨을 최대한 죽이고 웬만하면 내가 오기 전까지 나오지 마.”

“자, 잠시만요.”

한 걸음 내디딘 적시운이 고개만 뒤로 돌렸다.

“왜?”

“그러니까, 혼자서 저들을 상대하겠다는 건가요?”

“뻔히 아는 사실을 왜 굳이 묻지?”

클라리스는 멍하니 입을 벌렸다.

뭔가 작전이나 계획이 있을 줄 알았거늘 단순한 전면전이라니? 그것도 혼자서?

“그, 그렇다면 제 도움이 필요하지 않겠어요?”

“없는 것보단 낫겠지. 하지만 됐어. 웬만하면 혼자서 상대하고 싶거든.”

“저들은 당신과 마찬가지로 이능력자예요. 하나같이 B랭크 이상의 실력자라고요.”

“알아. 그래서 좋은 거지.”

적시운은 몸을 돌렸다.

“이능력자를 상대로 싸울 기회가 흔하지는 않으니.”

“잠…….”

적시운의 신형이 클라리스의 눈앞에서 사라졌다. 마치 텔레포트라도 한 것처럼.

클라리스는 움찔 놀라 적시운이 사라진 자리를 바라봤다. 그녀의 기억대로라면 적시운은 텔레포터가 아닌 염동술사였던 것이다.

‘뭐가 어떻게 된 거지?’

우연의 실타래는 보기보다도 복잡하여 풀어내는 방식에

따라 도리어 헝클어지기도 한다.

물론 그 반대의 경우도 부지기수.

그런 면에서 오늘 특무요원들은 운수가 좋았다.

뒷걸음치다가 쥐 밟은 격이랄까?

그들은 자신들이 죽인 상대가 누구인지 알지 못했다. 그저 눈에 들어왔기에 죽였을 뿐.

이유는 크게 셋이었다.

하나, 정당성을 확보하기 위해.

신생 레지스탕스는 시타델의 입장에서 분명 눈엣가시이긴 하지만 지금까진 아무런 일도 벌이지 않았다. 그런 그들을 토벌하기 위해선 그에 합당한 이유가 필요했다. 예컨대 대량 살인쯤 되는. 한마디로 이들을 죽인 것은 레지스탕스에게 누명을 씌우기 위함. 다름 아닌 시타델의 정부 요원이기에 가능한 일이었다.

"제대로 확인했겠지? 등록되지 않은 헌터들이 맞는지 말이야."

"세 번이나 생체조직을 스캔해 봤다. 놈들은 시타델의 시민 데이터베이스에 등록되어 있지 않아."

"흠, 신분을 위조한 놈들인가?"

"월담해 들어온 뜨내기들일 수도 있지. 어차피 이쪽 구역은 경계가 부실하니까."

"혹은 반란군 나부랭이들일 수도 있고."

"하! 그렇다면 정말 걸작이겠군."

특무요원들이 긴장 없는 얼굴로 시시덕거렸다.

두 번째 이유가 이것이었다.

살인에 무감각해지기 위함.

그들 또한 인간인지라 항상 냉정하고 계산적일 순 없다. 하물며 살인을 하는 순간엔 냉정을 잃기 십상이었다. 그 이유가 얄팍한 도덕심 때문이든 살인 자체에서 오는 흥분 때문이든.

그렇다면 정답은 하나. 행위 자체를 반복하여 익숙해지는 것이었다.

처음엔 주저하던 이들조차 수차례의 반복을 거치고 나면 살인에 무덤덤해진다. 그리고 궁극적으로는 바로 앞에서 죽음의 향연이 펼쳐진다 해도 약간의 영향조차 받지 않게 되는 것이다.

세 번째 이유는 가장 단순하면서도 중요한 것이었다.

'그래도 된다'라는 사실 자체.

이곳은 하층민 구역. 돌아다니는 인간이라 해봐야 기껏해야 헌터나 용병이었다. 그나마 이마저도 좋게 봐줬을 때의 얘기일 뿐 대다수는 넝마주이와 비렁뱅이였다.

언제 죽어도 이상할 게 없는 자들. 이를 뒤집으면 결국 죽이더라도 별문제가 생길 일 없는 자들이란 의미였다.

그렇기에 요원들은 마음 놓고 이러한 '무차별 사냥'을 벌일 수 있었다. 그나마 최근엔 빈도가 줄어든 편이었지만 레지스탕스의 준동 덕택에 다시금 기회가 온 셈이었다.

"그동안 몸뚱이가 찌뿌둥해서 혼났단 말이지. 보아하니 다들 실력이 녹슬진 않은 모양이군."

"네놈처럼 빈둥대기만 하진 않았으니까."

"뭐가 어째?"

"둘 다 아가리 닥쳐. 어쨌든 이것들이 1등 시민일 리는 없다는 거지?"

"병신. 1등 시민씩이나 되는 작자가 왜 이런 쓰레기 동산에 행차하겠냐."

"불가능한 얘긴 아니지. 매카시 영감이 노리는 그놈이 바로 1등 시민이라던데."

"말세는 말세인 모양이야. 살다 살다 국(Gook) 나부랭이가 1등 시민이 되는 꼴을 다 보고."

"라트린 후작이 뒤를 봐줬다던데? 자기 조카딸을 구해줬다고 말이야."

"흥, 동양 놈들은 믿을 수 없어. 놈이 정말 조카 년을 구해준 건지 알게 뭐야?"

"뭐 어차피 매카시 영감이 점찍어 놨으니 뒈질 일만 남지 않았겠어?"

"하긴 그 인간이 여간 독한 게 아니긴 하지."

요원들은 한가롭게 담화를 이어갔다.

그때, 그들과 몇 블록 떨어지지 않은 위치, 반파된 건물의 그림자 속에서 흑색의 실루엣이 꿈틀거렸다.

칼날 같은 안광이 그 안에서 번뜩였지만 요원 중 누구도 눈치채지 못했다.

7

"뭐 좀 건진 게 있나?"

"딱히. 하나같이 잡동사니뿐이다."

시체를 뒤지던 게르만계 요원이 침을 탁 뱉었다.

"하긴 주머니 빵빵한 놈들이 이딴 곳에서 얼쩡댈 리가 없지."

"시체는 어쩌지? 반란군 놈들의 소행으로 보이게 해야 할 것 아냐?"

"간단한 방법이 있다. 놈들 몸에다 각인을 새기는 거야."

"각인?"

"그래, 대강 저항군 느낌이 나게끔 문자를 새겨두는 거지."

"괜찮은 생각이군."

게르만계 요원이 무기를 꺼내 쥐었다. 낡은 폴딩 나이프였다. 군데군데 날이 빠지긴 했지만 살갗을 찢는 것쯤은 문제없었다.

게르만계 요원은 시체의 옷가지를 찢어 맨살이 드러나게 했다.

"뭐라고 새기지?"

"아무렇게나 해. 대충 저항군 만세 정도면 되지 않겠어?"

"하긴. 어차피 이걸 확인하는 것도 우리 몫이니."

자작극의 묘미는 그 내용물이 엉망진창일 때 드러난다. 외부인이 조금만 유심히 봐도 엉터리임을 알아챌 수 있는 부분조차 스리슬쩍 넘어갈 수 있기에.

"기왕이면 좀 더 자극적인 게 낫지 않겠어?"

"예를 들면?"

"꼰대네 마누라 취미가 남자 사냥이라거나."

"꼰대라면, 조로아스터 말이야?"

"그 인간한테도 마누라가 있었나? 허구한 날 백작 엉덩이만 핥아대는 줄 알았는데."

게르만계 요원의 이죽거림에 라틴계 요원이 눈살을 찌푸렸다.

"어디 가서 그런 소리 지껄이지 마라. 머리통에 구멍 뚫리기 싫으면."

"흥, 우리밖에 없는데 뭐 어때. 말이야 바른 말이지, 현장에서 개고생하는 건 우리잖아. 꼰대랑 귀족 나리는 편하게 앉아 보고나 받는데 말이야."

"그건 그래. 그런 주제에 생색은 있는 대로 낸단 말이지."

"이게 바로 하급 공무원의 비애 아니겠어?"

"어쨌든 적당히 해둬. 괜히 오버하다가 한소리 듣지 말고."

"예이예이, 그러지."

게르만계 요원이 시체의 살갗 위로 칼날을 가져갔다. 그 순간 라틴계 요원의 얼굴이 움찔했다.

"설마!"

염동술사인 라틴계 요원이 소리친 순간, 요원들이 미처 파악하지 못한 먼 거리의 그림자 속에서 방아쇠가 당겨졌다.

타앙!

발사된 탄환은 게르만계 요원의 관자놀이를 노리고 날아들었다. 그러나 중간에 펼쳐진 염동력 배리어에 막혀서 정지했다.

"뭐, 뭐야!"

뒤늦게 상황을 파악하고 놀라는 게르만계 요원.

라틴계 요원이 기운을 거두자 탄두가 땅에 떨어졌다.

"저격수인가!"

"살아남은 놈이 더 있었던 모양이다."

혹은 다른 무리의 인간일지도.

사실 어느 쪽이든 상관은 없었다. 놈이 누구건 간에 중요한 건 시타델 특무요원을 저격하려 했다는 점이니.

귀족이 아닌 이상은 누구라도 즉결 처분이 가능하다. 설령 1등 시민이라 해도.

"빌어먹을 쥐새끼!"

게르만계 요원의 육체가 강철처럼 경질화되기 시작했다. 동시에 청동색으로 변색되는 피부. 이윽고 그의 외관은 움직이는 청동상에 가깝게 변했다.

"숨어 있지 말고 나와라!"

포효하는 청동상.

홧김에 팔을 내려치자 시체가 산산이 조각나서 흩어졌다. 쥐고 있던 폴딩 나이프 또한 종잇장처럼 구겨진 뒤.

변환술사 중에서도 육체 변환을 주 무기로 삼는 폴리모프(Polymorph) 타입이었다.

고위 랭크일수록 보다 다양하고 복잡한 형태의 변형이 가능하다. 그런 면에서 보자면 게르만계 요원의 변환은 오히려 기본적인 수준이었다. 물론 그렇다 하여 약하다는 의미는 결코 아니었지만.

"놈의 위치는?"

"기다려. 아직 파악 중이다."

게르만계 요원의 질문에 라틴계 요원이 대꾸했다.

"됐어! 나오지 않으면 쳐들어가면 되지! 죄다 뒤엎어버리면 제깟 놈이 나오지 않고 배기겠어?"

"잠깐. 놈이 함정을 파놓았을 수도 있다."

카앙!

두 주먹을 충돌시키는 게르만계 요원. 마찰로 인해 불똥이 튀었다.

"함정 따위, 다 부숴 버리면 그만이지!"

쿵쾅거리는 소리를 내며 뛰어가는 게르만계 요원.

라틴계 요원은 미간을 찡그렸지만 그를 제지하진 않았다.

"할 수 없지. 녀석을 백업한다."

나머지 두 요원이 고개를 끄덕였다. 각기 서포터 역할의 이능력자들이었다.

탕! 탕!

두 발의 탄환이 재차 날아들었다. 각각의 탄환이 요원의 눈과 목젖을 후렸다. 육체를 경질화하지 않았다면 그대로 꿰뚫렸을 것이다.

"……!"

예리한 조준력에 섬찟 놀라는 게르만계 요원. 그러나 이내 사납게 웃으며 속도를 높였다.

"따갑지도 않다!"

오히려 탄환이 날아온 방향을 통해 놈의 위치를 유추할 수 있게 됐다.

게르만계 요원은 밟히는 것을 모조리 부수며 달려 나갔다.

'육중한 것 같은데도 제법 날래다.'

적시운은 소총을 내려놓으며 생각했다. 서로 다른 능력이긴 하지만 어째 밀리아와 비슷한 스타일이라고 느껴졌다.

'이능력 랭크는 이쪽이 위일 듯한데.'

[그래서, 이제 어쩔 텐가?]

'어쩌긴.'

천마의 물음에 적시운은 어깨를 으쓱했다.

'사냥감이 몸소 와주시는데 잡아드려야지.'

[좋은 마음가짐이군.]

적시운은 그림자 바깥으로 뛰쳐나갔다.

게르만계 요원과의 거리는 이제 300m.

육안으로 적시운을 확인한 요원이 웃음을 터뜨렸다.

"하! 그곳이로군!"

한층 속도를 높여 쇄도해 오는 요원.

적시운은 기지개를 켜고 간단히 스트레칭을 했다. 게르만계 요원 또한 그 모습을 똑똑히 보았다.

"미친놈!"

꽁지 빠지게 달아나도 모자랄 판에 몸이나 풀고 있다?

이건 죽고 싶어 환장한 게 분명했다. 그리고 환장한 놈들의 소원을 들어주는 것은 시타델 특무요원들의 주특기였다.

"원하는 대로 해주마!"

50m 거리까지 접근한 게르만계 요원이 무너진 돌담에서 벽돌을 낚아챘다. 그러고는 냅다 적시운을 향해 던졌다.

쐐액!

무시무시한 기세로 공간을 가르는 벽돌.

사실상 대포알이나 다름없었다. 직격당한다면 생사가 아니라 시체가 성할지를 걱정해야 할 터였다. 평범한 인간이라면.

적시운은 피하거나 물러나는 대신 벽돌을 향해 전진했다. 그러고는 팔을 뻗어 벽돌을 후려쳤다.

파삭!

허공에서 산산조각 나 흩어지는 벽돌.

게르만계 요원의 표정이 살짝 굳었다.

'강화계 이능력자? 버서커, 아니면 바바리안인가?'

아마도 주변에 동료가 더 있을 것이다.

게르만계 요원은 그렇게 판단했다. 저 강화계와 저격수가 동일 인물이라고 생각하는 것보단 그쪽이 더 그럴싸했기에.

"흥! 그렇다면 죄다 해치우면 그만이지."

게르만계 요원은 간단히 생각하기로 했다.

어차피 경질화된 육체 앞에 탄환 따위는 무의미했다. 결국 눈앞에 있는 놈만 때려잡으면 상황 종료라는 것!

"흐읍!"

게르만계 요원이 크게 팔을 휘둘렀다. 각이 잡혀 있지 않은 엉성한 폼. 그래도 육체 능력이 워낙 뛰어나다 보니 문제는 되지 않았다.

적시운은 고개를 숙여 간단히 피했다. 동시에 주먹을 그러쥐고는 크게 진각을 밟았다.

'우선은 천랑섬권.'

더불어 격산타우의 묘리를 추가시켰다. 표면이 아닌 내부에 대미지를 주기 위함이었다.

적시운의 권격이 요원의 복부를 후렸다.

터엉!

육중한 타격음과 함께 요원의 몸이 주르륵 밀려났다.

'먹혔다.'

대미지 자체는 내부에까지 고스란히 전달됐다. 만약 내장기관까지 강화되지 않은 상태라면 배 속이 곤죽이 되었을 터. 그러나 벽돌담에 처박힌 게르만계 요원은 어렵잖게 몸을 일으켰다.

"크으, 네놈. 무슨 수작을 부린 것이냐?"

타격을 입기는 한 모양. 그래도 적시운의 생각과 달리 내부가 박살 나진 않은 듯했다.

'배 속까지 쇳덩이라는 거군.'

가장 상대하기 귀찮은 타입이었다. 딱히 약점이랄 게 없이 무식하게 방어력만 높은 계열. 무서울 건 없지만 이래저래 귀찮았다.

[방법은 하나뿐이겠군.]

'그래.'

적시운은 내심 고개를 끄덕였다.

'놈의 방어력을 상회하는 공격력으로 일거에 깨뜨린다.'

[바로 그걸세.]

천마의 맞장구를 뒤로한 적시운에게 게르만계 요원이 쇄도했다.

"이 새끼!"

게르만계 요원이 밑동만 남은 전봇대를 뽑아서 휘둘렀다. 적시운은 상체를 낮추어 피하고는 요원의 겨드랑이 아래로 파고들었다.

그 순간 무형의 힘이 적시운을 향해 몰려들었다. 너무나 익숙한 기운인지라 헛웃음이 절로 났다.

'염동력!'

그새 뒤따라온 라틴계 요원이었다.

대략 더블 B랭크쯤 될까?

예전의 적시운과 비슷한 수준이었다.

지금은 아니었지만.

파앙!

아무것도 없는 허공에서 충격파가 터져 나왔다. 서로 다른 두 염동력이 상쇄되는 모습이었다.

"……!"

라틴계 요원의 얼굴에서 핏기가 가셨다. 짧은 충돌만으로도 상대방의 수준을 가늠할 수가 있었기 때문이다.

'나를 상회하는 수준이라니!'

보통 놈이 아니다. 폐허밖에 없는 이런 곳에서 얼쩡대고 있을 실력이 결코 아니었다.

'설마……?'

콰앙!

강렬한 굉음과 함께 게르만계 요원이 밀려났다. 분수처럼 일직선으로 치솟는 흙먼지 너머에서 신형 하나가 튀어나왔다.

칠흑처럼 검은 머리칼. 날카로운 인상의 동양인이었다.

"설마!"

적시운은 라틴계 요원을 향해 주먹을 뻗었다.

맞으면 죽는다.

뇌리를 칼날처럼 스쳐 가는 적색경보.

라틴계 요원은 젖 먹던 기력까지 모조리 짜내어 배리어를

쳤다.

적시운은 배리어 위로 주먹을 꽂았다.

쾅!

박격포탄이라도 터진 것 같은 폭음이 터져 나왔다.

육중한 충격파 속에 라틴계 요원의 몸이 태풍에 휩쓸리는 낙엽처럼 날아갔다.

"커억!"

벽에 부딪힌 라틴계 요원이 피를 토했다. 어찌어찌 방어하는 데에 성공했는데도 충격이 너무 컸다.

적시운은 쓰러진 요원을 향해 저벅저벅 걸어갔다.

"제법이군. 죽일 생각으로 때렸는데."

"……!"

라틴계 요원은 몸을 일으키려 했다. 그리고 뒤늦게 자신의 두 다리가 기묘한 각도로 뒤틀려 있다는 걸 깨달았다.

자각과 함께 찾아드는 고통. 요원의 얼굴이 하얗게 질렸다.

"끄으으윽!"

달아나야 한다. 매카시에게 돌아가 말해야만 한다. 이놈은 당신이나 우리가 생각하던 것을 초월하는 괴물이라고.

"죽여 버리겠다!"

흙먼지를 뚫고서 게르만계 요원이 달려들었다.

적시운은 시우보를 밟아 삽시간에 거리를 벌렸다. 보는 이들로서는 마치 텔레포트라도 하는 것만 같은 광경이었다.

"네놈은 대체 뭐냐!"

게르만계 요원이 경악성을 터뜨렸다.

"대체 뭐냔 말이다!"

이제는 그 또한 상대방의 정체를 깨달은 뒤였다.

애초에 여럿이 있었던 게 아니라는 것도, 놈이 바로 매카시가 해치우고자 하는 동양인이라는 것도.

그렇기에 충격이 증폭되는 것이었다.

매카시는 놈이 염동력자라고 했다. 시타델 입성 당시에 측정한 결과 또한 그러했다.

한데 지금 이건 뭐란 말인가?

경질화된 자신과 육박전을 펼치면서도 압도하고 있으며 조금 전에는 텔레포트에 가까운 능력까지 선보였다.

마치 여러 종류의 이능력을 동시에 지니고 있는 것만 같은 모습.

상식적으로 불가능한 일이었다.

본디 한 명의 인간이 소유할 수 있는 이능력은 하나뿐. 이는 아무리 랭크가 높다고 해도 변하지 않는 사실이었다.

최소한 지금까지는.

적시운은 게르만계 요원의 경악성에 일언반구도 하지 않

다. 그저 침착하게 그를 향해 주먹을 내뻗을 따름이었다.

콰직!

지금까지와는 다른 타격음.

게르만게 요원은 본능적으로 깨달았다.

'부서진다……!'

8

탄화 티타늄에 가까운 경도를 지닌 육체를 살점만으로 이루어진 인간의 주먹으로 부순다는 게 가능한 일일까?

버서커와 같은 육체 강화 능력자가 아니고서야 불가능한 일.

그렇다면 놈이 육체 강화 능력자라는 것일까?

수많은 상념이 게르만게 요원의 뇌리를 스쳐 지나갔다. 마치 시간이 더디게 흘러가는 듯한 느낌.

부서진 육체의 파편들이 슬로우모션으로 퍼져 나가고 있었다.

죽기 직전에 과거의 일들이 주마등처럼 흘러간다던가?

요원은 뒤늦게 깨달았다. 그것이 자신에게 찾아온 일종의 주마등임을.

"크, 아아아악!"

콰앙!

청동상이 그대로 폭발했다. 조금 전까지 게르만계 요원이었던 그것은 이제 산산이 흩어진 쇳조각 무더기로 변해 버렸다.

"크윽!"

라틴계 요원이 얼굴이 핼쑥해졌다. 설마 경질화된 폴리모프 능력자를 정공법으로 부숴 버리는 인간이 있을 줄이야. 꿈에도 생각지 못한 일이었다.

자신들과는 실로 격이 다른 존재.

놈은 괴물이었다.

"이 새끼!"

"뒈져라!"

라틴계와 게르만계를 제외한 나머지 두 요원. 화염술사(Pyro)와 빙한술사(Freezer)였다.

두 사람 모두 라틴계와 게르만계보다는 능력치가 떨어지기에 지원 역할만 맡고 있었다. 하지만 게르만계 요원이 죽는 걸 보고는 이성을 잃고 말았다. 다음 차례가 자신들이리라는 걸 깨달았기에.

당하기 전에 친다!

그런 생각으로 적시운을 기습한 것이었다.

화르르륵!

우선은 화염이었다. 둘의 능력이 상극이다 보니 동시에 펼치는 것은 사실상 불가능했다.

구태여 맞서겠다고 기운 낭비를 할 필요는 없었다.

적시운은 어렵잖게 보법을 밟아 불길을 빠져나왔다.

"어딜!"

빙한계 요원이 얼음 창을 만들어 던졌다.

적시운은 날아드는 창의 옆을 후려쳐서 간단히 부쉈다.

"큭!"

그냥 두면 삽시간에 결딴이 날 터. 조급해진 라틴계 요원 또한 황급히 합세했다.

콰드드득.

폐건물의 벽면이 통째로 뜯겼다. 라틴계 요원은 뜯어낸 벽면을 파리채처럼 휘둘렀다. 벽면은 적시운을 향해 똑바로 날아갔다.

'놈의 반응은?'

피하거나 뚫고 오거나.

요원들은 각각의 경우에 대응하게끔 고도의 훈련을 받았다. 놈이 피하든 뚫든 간에 이능력의 집중포화가 이어질 것이었다.

하지만 적시운은 어느 쪽도 택하지 않았다. 자신도 염동력으로 벽면을 붙들어서는 도리어 라틴계 요원을 향하여 밀어냈다.

"크윽!"

묵직한 압력에 라틴계 요원이 당황했다.

더블 B와 트리플 B. 고작 한 단계의 차이일 뿐인데도 위력의 격차가 무시무시했다.

'미, 밀린다!'

라틴계 요원의 낯빛이 푸르죽죽해졌다. 모든 기운을 쏟아내고 있는데도 벽면이 죽죽 밀리고 있었다.

박살 난 두 다리로는 피하기도 버거운 상황. 멍하니 있다간 깔려 죽을 터였다.

"도와줘! 뭐라도 하란 말이다!"

라틴계 요원의 외침에 화염계와 빙한계가 이를 악물었다. 불이나 얼음을 쏘아내 봐야 별 영향은 없을 것이다. 둘의 능력은 온도를 급변시키는 것일 뿐 벡터에 주는 영향은 미미했으니.

그렇기에 벽면이 아닌 적시운 본인을 노렸다. 그러나 적시운은 염동력을 펼치는 와중에도 그들의 공세를 손쉽게 빠져나갔다. 유엽하를 위시한 보법을 펼친 것이었다.

하지만 요원들의 입장에선 이능력을 펼쳐 빠져나가는 것으로 보일 따름이었다.

"대, 대체 어떻게……!"

"말도 안 된다! 누군가 백업하고 있는 게 분명해!"

경악과 분노 속에서 소리치는 요원들.

라틴계 요원이 답답함을 이기지 못하고 일갈했다.

"그냥 이걸 부숴, 병신들아!"

화염계 요원이 불덩이를 날렸다. 벽면이 산산조각 나며 사방으로 파편을 토했다.

당장의 위기는 넘겼으나 끝이 아니었다.

적시운은 벽면이 터지자마자 화염계 쪽으로 질주했다.

"큭!"

흠칫 놀란 화염계가 반사적으로 불덩이를 날렸다.

적시운은 순간적으로 몸을 틀어 불덩이의 궤도에서 벗어났다. 동시에 염동력으로 빙한계의 몸을 끌어당겼다.

"헉!"

졸지에 불덩이를 맞게 된 상황.

빙한계 또한 반사적으로 얼음 방패를 만들었다.

쾅!

불덩이와 얼음 방패가 폭발하며 엄청난 양의 수증기를 쏟아냈다. 삽시간에 주변이 안개로 뒤덮여 한 치 앞도 확인할 수 없게 됐다.

물론 염동술사에겐 해당되지 않는 사안. 염동술을 레이더 대용으로 사용할 수 있기 때문이다.

그렇기에 라틴계 요원은 감지할 수 있었다. 두꺼운 안개 너머에서 차례로 쓰러지는 동료들을.

콰득! 콰각!

일격에 한 명씩. 시타델 최고 요원들의 숨통이 끊어져 나갔다.

허무하기 짝이 없는 최후.

도저히 이해할 수 없는 상황이었다.

안개를 헤치고 적시운이 나타났다. 상처 하나 없이 말끔한 모습. 그런 가운데 장갑 낀 주먹 위로 핏방울이 아롱져 있었다.

"크크큭."

라틴계 요원은 웃음을 흘렸다.

"크크크큭!"

적시운은 일언반구도 없이 그 모습을 내려다봤다.

뚝 웃음을 그친 라틴계 요원이 표독스러운 표정을 지었다.

"네놈이 이긴 줄 알고 있겠지? 그렇게 생각한다면 헛다리를 짚어도 단단히 짚은 거다. 네놈은 결코 우리를 이기지 못해."

라틴계 요원은 주머니로 손을 가져갔다. 자그만 저장용 디바이스가 손아귀에 쥐여 나왔다.

"나의 전투 기록은 고스란히 이곳에 기록되어 본부로 전송된다. 이 싸움 역시 마찬가지지. 대화 내용 또한 마찬가지지."

"……."

"동료들이 모든 진실을 알지는 못하겠지만 내 말과 전투 기록을 통해 대략적인 유추 정도는 해낼 것이다."

요원의 미소가 기괴하게 일그러졌다.

"동료들이 네놈을 찾아낼 것이다. 그리고…… 오늘의 빚을 곱절의 곱절로 갚아줄 테지."

"아, 그래."

적시운은 어깨를 으쓱했다.

"그럼 내 음성도 똑같이 전송되는 건가?"

"그렇다. 왜, 무서워서 나불대지도 못할 것 같나?"

"그럴 리가."

적시운은 픽 웃었다.

"좋을 대로 하라 그래. 어차피 이렇게 될 거라는 것쯤은 알고 있었으니까."

"허세를 부려봤자 소용없다. 네놈은……."

"네 동료라는 것들도 모조리 네 곁으로 보내줄 거다. 뒈지기 싫다면 방해할 생각 따윈 하지 않는 게 좋을걸."

적시운은 요원의 흉부를 지그시 밟았다. 그리고 서서히 발끝에 힘을 주기 시작했다.

"크윽!?"

라틴계 요원의 얼굴이 창백하게 질리기 시작했다. 가슴을

압박당하는 고통과 죽음의 공포가 얼굴 위로 드러났다.
"억, 어억. 어어억!"
"딱히 싸움을 걸 생각은 없었지만 걸어오는 싸움을 웃고 넘길 만큼 성인군자도 아니거든."
"끄으으윽!"
"그러니 올 테면 와봐. 네놈들의 세상이 무너지는 꼴을 보게 될 테니."
우드득!
흉곽이 박살 난 요원의 숨이 그대로 끊어졌다. 적시운은 발을 떼고서 혀를 찼다.
"가는 순간까지 사람 꼭지를 돌게 하는군."
[자네의 손속을 보고서 어차피 살아남기는 글렀다고 생각했을 테지.]
"망할 놈들."
[어쨌든 이제 자네에게서도 어엿한 천마의 위엄이 느껴지는구먼. 놈들에게 경고를 보낼 때는 본좌가 다 흐뭇하더군.]
"이것도 다 허세일 뿐이야."
적시운은 나직이 한숨을 쉬었다.
"어차피 이번 일로 선전포고를 하게 된 셈이라면 최소한 기세에서라도 밀리면 안 된다고 생각했지."
[어쨌든 한판 붙을 생각이로군.]

"도망치기엔 너무 깊이 들어와 버렸잖아? 여길 빠져나간다고 해서 달리 좋은 방법이 있는 것도 아니고."

적시운은 요원의 시체를 내려다보며 말했다.

"그렇다면 정면으로 부수고 나가는 수밖에."

적시운은 클라리스가 있던 자리로 돌아왔다.

그녀는 껍데기만 남은 트럭 안에 몸을 숨기고 있었다. 한껏 긴장하고 있었던 듯 적시운이 모습을 비쳤을 때도 깜짝 놀라선 뒷걸음질을 쳤다.

"아, 아……?"

"그렇게나 놀라는 걸 보니 내가 죽을 줄 알았던 모양이지?"

"그, 그런 건 아니지만……."

클라리스가 시선을 내리깔았다.

"당신이 달아났을 거라고 생각했어요, 날 버리고서."

"그럼 왜 도망치지 않았지?"

"그들이 당신을 쫓아갈 거라고 생각했어요. 이곳에 숨어 있다가 잠잠해지면 달아날 생각이었죠."

"너무 솔직한 것 아닌가? 빈말로라도 믿고 있었노라고 말하는 편이 점수 따기엔 편할 텐데."

"허영심 강한 이들에게라면 그런 게 통하겠지만 당신은 그런 부류가 아니잖아요?"

"그렇긴 하지."

"그렇다면 솔직하게 말하는 편이 조금이라도 점수를 따는 길일 테죠. 안 그런가요?"

적시운은 고개를 끄덕였다.

"그래서, 지금의 솔직한 심정은?"

"……고마워요."

"뭐, 됐어. 네 부탁이 아니었어도 해치웠을 놈들이니."

"그렇다면……."

적시운은 손을 들어 클라리스를 제지했다.

"확실히 말해두지만 나는 반란이니 뭐니 하는 것엔 관심 없어. 내가 놈들과 싸운다고 해도 너나 네 동료들을 위한 일은 절대 아닐 테고."

"하지만…… 같은 편은 많을수록 좋은 거잖아요."

"전혀. 솔직히 말해서 너희는 방해만 돼."

정곡을 찌르는 한마디.

클라리스는 입술을 깨물었지만 뭐라 반박하진 못했다. 사실은 사실이었기에.

이번 의뢰에 참여한 동료들은 저항군 내의 베테랑들. 최고 중의 최고라 하기는 어렵겠지만 실상 큰 격차가 있는 것도 아니었다.

그런 20명을 시타델 특무요원들은 너무나 간단히 몰살시켰다.

'그리고 이 남자는 그 요원들을 더 손쉽게 처리했고.'

그런 사내의 심기를 거슬러 봐야 좋을 것은 없을 터. 더군다나 생명의 은인이기까지 하다면 말할 것도 없었다.

"적시운 님에게 제가 뭔가를 더 바란다면 정말 염치없는 일이겠죠. 그저 제 목숨을 구해주시고 동료들의 복수를 해주신 데 대해 감사할 따름이에요."

"동료들의 시신을 묻는 일 정도는 같이 해줄 수 있는데."

"그럼…… 염치없지만 부탁드리겠어요."

두 사람은 저항군의 시신들을 조금 먼 위치의 공터로 옮겼다. 시신은 스무 구나 되었지만 염동력으로 한꺼번에 옮기니 그리 오래 걸릴 것도 없었다.

"아무 곳에나 묻어도 괜찮겠어?"

"묻히지도 못하는 것보다는 낫겠죠. 사실 예전 같았으면 묻어줄 엄두조차 내지 못했을 거예요."

"예전이라면, 김은혜가 있던 당시 말인가?"

클라리스의 눈동자가 살짝 흔들렸다.

"세실리아 여사님을 알고 계세요?"

"약간의 인연이 있긴 하지. 그런 정보는 시타델의 데이터베이스에 없었나 보지?"

"네, 우리가 얻은 정보는 당신의 신상 명세와 인맥에 대한 것이었어요."

"인맥?"

"네, 라트린 후작가와의 커넥션 말이에요."

"커넥션이라 하니 뭔가 거창해 보이네. 하지만 난 딱히 그 쪽과 친하지 않아. 그쪽 가문에 대해 아는 것도 없고."

"그런가요?"

"어쨌든 김은혜 얘기가 나왔으니 말인데."

적시운은 그녀에게서 받은 USB에 대한 이야기를 꺼냈다. 설명을 모두 들은 클라리스의 표정이 밝아졌다.

"여사님께서 아직 그걸 가지고 계셨군요."

"그 USB에 대해 알아?"

"물론이에요."

고개를 끄덕인 클라리스가 말했다.

"그 보안 암호를 설계한 사람이 바로 저니까요."

9

"네가 설계했다고?"

"네, 당신이 말하는 USB와 제가 생각하는 게 동일하다면요."

"그렇단 말이지……?"

생각보다 일이 잘 풀리게 생겼다. 물론 단번에 상황을 진전시킬 한 방은 아니었지만 태평양의 기후 데이터는 언제라도 적시운에게 도움이 되어줄 것이다.

"잘됐군. 지금 바로 보안 프로그램을 해제할 수 있을까?"

"아지트에 제 전용 PDA가 있어요."

"그 PDA가 있어야만 해제가 가능해?"

"일반 PC나 태블릿으로도 가능하긴 해요. 시간이 무척 오래 걸린다는 문제가 있지만요."

"네 PDA를 사용하면?"

"10분 내로 끝나요."

그렇다면 더 생각할 것도 없었다. 적시운은 어깨를 으쓱했다.

"좋아, 네 아지트로 가자고."

동료들의 시체에서 챙긴 유품과 물건들은 클라리스가 가지고 온 더플백에 담았다.

"잠깐."

자리를 떠나기 전에 적시운이 말했다.

"조금만 기다려. 잠깐 저쪽 좀 다녀와야겠어."

"네? 저쪽이라니요?"

"놈들에게도 선물 정도는 남겨줘야지."

"……?"

의아해하는 클라리스. 그러나 적시운이 들어 올린 물건을 확인하고는 대번에 상황을 이해했다.

"은인께 이런 표현을 써도 될지 모르겠지만…… 정말 독하시군요."

"용의주도한 거지."

적시운은 태평한 얼굴로 대꾸했다.

두 사람이 자리를 떠나고 반나절 후, 추적용 발신기의 신호를 쫓아온 요원들이 모습을 드러냈다. 그리고 다시 10분쯤 뒤, 강력한 연쇄 폭발이 일대를 휩쓸었다.

"이런 병신 같은 새끼들!"

매카시는 들고 있던 머그잔을 거칠게 내던졌다. 벽에 충돌한 머그잔이 산산조각 났고 그 파편에 뺨을 베인 타이터스가 움찔했다.

보고를 올린 여성 요원은 입술을 질끈 깨물었다.

"다시 말해봐라. 뭐가 어떻게 됐다고?"

"동료들의 시신에 트랩이 설치되어 있었습니다. 조사차 파견된 요원 셋이 중상을 입고 두 명이 경상을 입었습니다."

"병신 같은 새끼들!"

앞서 토해낸 것과 동일한 욕설을 뇌까리는 매카시. 그는 선글라스를 거칠게 떼어냈다. 마음 같아선 그것도 홱 던져 버리고 싶었지만 차마 그러진 못했다. 하나당 2십만 엠파이어 달러를 호가하는 첨단 장비였기에.

"트랩의 종류는?"

"TX-30 중형 클레이모어와 설치형 유탄입니다."

"고도의 훈련을 받은 이능력자들이 그깟 불장난에 중상을 입었단 말이냐!"

"설치를…… 워낙 교묘하게 해두었습니다. 시체를 중심으로 연쇄 폭발이 일어나게끔 해두어서 피해가 커졌습니다. 화약량 또한 많았고……."

"지금 보고를 하는 건가, 변명을 하는 건가!"

여성 요원이 찔끔하여 입을 다물었다.

분이 풀리지 않은 듯 씩씩거리던 매카시가 의자에 주저앉았다.

"놈의 흔적은?"

"현재 확인 중입니다. 주변을 샅샅이 수색하고 있으니 조만간 보고를 올릴 수 있을 겁니다."

"그 말, 확신할 수 있나?"

"그, 그건……."

"확신할 수 있냐고 물었다."

매카시의 추궁에 여성 요원은 대꾸하지 못했다. 애초에 확신 따위는 담기지 않은 의례적인 표현에 불과했기 때문이다.

보다 못한 타이터스가 입을 뗐다.

"놈이 남긴 메시지가 있다고 들었는데."

"아, 예. 그렇습니다. 다만……."

"다만, 뭐지?"

여성 요원이 매카시의 눈치를 살폈다. 불난 데에 기름을 붓는 격이었다.

"멍청한 년! 어서 빨리 말하란 말이다!"

"죄, 죄송합니다. 그 메시지의 내용이 워낙 부적절해서……."

"내가 들어선 안 될 만큼 부적절하단 말이냐? 그게 아니면 내게 자격이 없기라도 하다는 것이냐?"

"그렇지 않습니다. 다만……."

"……!"

매카시의 눈에 핏줄이 쫙 섰다. 임계점을 넘어선 분노. 자칫하면 저 얼뜨기 같은 여성 요원이 감전된 생쥐 꼴이 되어버릴 터였다.

"멍청한 년! 어서 빨리 메시지 파일을 가져오란 말이다!"

타이터스가 버럭 소리를 질렀다. 여성 요원은 거의 울기 직전의 얼굴이 되어 도망치듯 방을 나섰다.

"내버려 두지 그랬나. 가볍게만 지져 줄 참이었는데."

매카시의 음성은 싸늘했다. 자칫하면 분노의 불길이 이쪽으로 번질지도 모르는 상황.

"냉정을 찾으셔야 합니다. 요원에게 함부로 손댔다간 뒷감당을 하기 어려워집니다."

"내가 그 정도도 모를 것 같나?"

"죄송합니다."

매카시는 큼직한 한숨을 뱉었다.

"의자를 창밖으로 집어 던지는 편이 나을까, 스탠드를 벽에 던져 부수는 편이 나을까."

"후자가 낫지 않을까 싶습니다."

"역시 그렇게 대답하는군."

매카시는 책상 위의 스탠드를 홱 집어서는 문짝을 향해 던졌다. 문에 나 있는 자그만 유리창이 요란한 소리를 내며 깨졌다. 깨어진 창 너머로 새하얗게 질린 여성 요원의 얼굴이 보였다.

"메시지를 가져왔으면 어서 들어와라."

"네? 아, 네……."

타이터스의 말에 여성 요원이 문을 열었다. 문짝을 통해서도 떨림이 느껴질 지경. 아무래도 잔뜩 겁을 먹은 모양이었다. 그래도 죽는 것보다는 나을 터.

타이터스는 여성 요원이 자기 덕분에 목숨을 건졌다는 사실을 알고나 있을지 궁금해졌다.

"여, 여기 있습니다."

"재생해."

매카시의 말에 여성 요원이 황급히 PDA를 만졌다. 손가락이 떨리는 통에 간단한 재생 버튼도 몇 번씩 눌러야 했다.

적시운이 남겨놓은 음성이 재생되었다.

1분 뒤, 기어코 의자가 유리창을 깨부수며 창밖으로 날아갔다.

"이 개 같은 새끼!"

여성 요원은 이제 거의 기절하기 직전이었다. 그녀는 물론 심복인 타이터스조차도 매카시가 이렇게까지 분노한 모습을 본 적이 없었다.

난생처음 맞이하는 난적. 놈은 시타델 최고의 특무요원을 미치기 일보직전까지 몰아붙인 것이다.

"현장으로 달려가서 전해! 놈의 흔적을 찾아내지 못하면 네놈들 모가지를 죄다 날려 버리겠다고!"

"네, 네……!"

"빨리 내 눈앞에서 꺼져!"

매카시의 일갈에 여성 요원은 도망치듯 달려 나갔다. 타이터스 또한 잔뜩 긴장된 얼굴로 매카시의 눈치만 살필 따름이었다.

4명의 요원이 비명횡사했다. 그걸로 모자라 매카시, 나아가 에메랄드 시타델 전체를 조롱하는 메시지까지 남겼다.

'우리들의 세상이 무너지는 꼴을 보게 될 거라고?'

자신의 앞길을 가로막는다면 도시 전체, 나아가 제국 전체와도 싸우겠다는 태도.

기가 막히다 못해 헛웃음이 나올 지경이었다. 하지만 실제로는 실소조차 지을 수가 없었다. 네 요원의 죽음과 이어진 트랩 폭발을 생각한다면 도저히 웃을 수가 없었다.

'놈은 우리에게 전쟁을 선포했다!'

이게 말이나 되는 일인가?

저항군이라며 나대는 레지스탕스조차 시타델을 위협하진 못했다.

김은혜와 같은 예외가 있긴 했지만 그녀조차도 시타델의 근간을 흔들진 못했다.

에메랄드 시타델, 나아가 북미 제국이라는 철옹성은 고작 한 명의 인간이 어찌할 수 있는 개념이 아니었다.

놈은 그런 절대성에 선전포고를 한 것이다!

그리고 타이터스는 그러한 선언 앞에서 두려움을 느꼈다.

믿을 수 없게도 말이다.

"놈은 내가 죽인다."

매카시의 목소리였다. 조금 전까지의 음성이 혹한의 찬바람과 같았다면 지금의 음성은 잘 벼려진 한 자루의 칼날 같았다.

"하층민 구역을 샅샅이 수색한다. 요원들 전원에게 하달하도록. 조금이라도 의심이 가는 자가 있다면 구속하라고 말이다."

"알겠습니다."

"놈들이 저항할 경우엔 즉결 처분해도 좋다. 하지만 그놈만은 안 돼. 그놈만큼은 기필코 내 손으로 직접 죽일 것이다!"

매카시의 두 눈에 핏발이 섰다.

"적시운 그놈만큼은!"

클라리스는 하층민 주거지로 적시운을 안내했다. 주거지는 대략 암흑가와 비슷한 느낌이었다. 아마도 시타델의 암흑가가 크게 쇠락한다면 이렇지 않을까 싶었다.

엉성한 골조 위에 철판을 덧대어 만든 건물들이 즐비한 촌락. 수송용 컨테이너를 개조한 집이 궁궐처럼 보일 지경이었다.

그런 장소를 터전 삼아 살아가는 이들이 그곳에 있었다.

수많은 시선이 적시운을 뒤따랐다. 하나같이 호의와는 거리가 먼 눈총들. 그중 몇몇은 클라리스의 몸매를 끈적하게 훑어댔다.

"여기 사람들도 네 동료들인가?"

"그런 이들도 있긴 하지만 소수예요. 대부분은 넝마주이나 걸인이죠. 약탈자도 적지 않고요."

"용케 이런 곳에 아지트를 만들었군."

"불쾌한 인간이 대다수지만 그 덕분에 상부의 눈총을 피할 수 있는 거니까요."

두 사람은 골목으로 들어섰다. 골목이라 해봐야 낡은 컨테이너 몇 개를 정렬시켜 둔 공간에 불과했다.

그 와중, 몇 개의 그림자가 두 사람의 뒤를 따랐다. 적시운은 재차 클라리스의 귀에 대고 물었다.

"저것들은?"

"모르는 자들이에요. 기껏해야 양아치들이겠죠."

"그렇군. 알겠어."

"그래도 혹시 모르니 괜히 건드리진 마세요. 무서울 거야 없겠지만 일이 커졌다간 귀찮기만 할 테니까요."

"그러지."

"끄아아악!"

대답이 끝나기 무섭게 뒤편에서 비명이 들려왔다. 클라리스의 모골이 송연해질 만큼 고통에 찬 비명이었다.

"손은 대지 않았어."

적시운이 말하고 나서야 그녀는 상황을 이해했다.

"어떻게 한 거죠?"

"내 능력에 대해선 알고 있을 텐데?"

"물론이에요. 제 말은, 저것들을 어떤 꼴로 만들었냐는 거였어요."

"비장의 기술을 썼지. 남자한테만 통하는."

"……?"

"듣지 않는 편이 좋을 거야."

클라리스는 의아해하면서도 더 캐묻지는 않았다. 적시운의 말마따나 듣지 않는 편이 나을 것 같기도 했고.

"여기예요."

미로 같은 골목을 빠져나오자마자 맞닥뜨린 폐차장. 돈이 될 만한 것은 모조리 쓸려 나간 뒤였다. 남은 것은 주황색으로 녹슨 차체 몇 개와 바람 빠진 타이어들뿐. 주거지 밖의 폐허와 별반 차이가 없는 광경이었다.

"비밀 기지치고는 생각보다 무난한데."

"기지라 할 만큼 거창한 곳은 아니니까요."

클라리스는 옆으로 뒤집힌 컨테이너를 열고 들어갔다. 바닥 쪽에 지하로 통하는 문이 있었다. 낡은 철제 사다리가 위아래를 연결하는 형태였다.

"들어오세요. 환기가 잘 안 돼서 기침이 좀 날 수 있어요."

적시운은 그녀를 따라 지하로 내려갔다.

희미한 전등이 내부를 밝히고 있었다. 툴툴거리는 소음을 내는 소형 발전기, 작동은 하는지 궁금해지는 컴퓨터 한 대와 다리 하나가 부러진 야전 침대가 좁은 공간에 들어차 있었다.

오소독스의 아지트가 새삼 떠오르는 모습.

그래도 손때를 많이 탄 듯 전체적으로 아늑한 느낌이었다.

"여기가 네 아지트로군."

"네, 저만의 아지트죠. 동료들도 이곳의 위치는 몰라요."

"들어오는 길이 그렇게 복잡한 것 같지는 않던데? 아까처럼 미행이 따라붙는 경우도 많았을 것 같고."

"이곳을 방문할 때는 방독면이나 마스크를 착용하거든요. 주로 인적 드문 밤에 드나드는 편이기도 하고요. 그래도 달라붙는 놈들이 있으면……."

클라리스는 주먹을 들어 보였다.

"이걸로 처리하죠."

적시운은 유심히 그녀의 손을 살폈다. 세련된 외모와 대조

되게도 굳은살과 흉터가 제법 많았다.

"나한테는 말썽 일으키지 말라더니."

"제가 그랬었나요?"

장난스럽게 웃은 클라리스가 소형 탁자의 서랍에서 PDA를 꺼냈다.

"USB를 줘보시겠어요?"

10

적시운은 그녀에게 USB를 건넸다.

"분명 10분이면 된다고 했지?"

"네, 걸어놓았던 보안 코드를 해제하기만 하면 되니까요. 다만 USB에 물리적 손상이 가해졌다면 문제가 생길 수 있어요."

"……."

적시운은 미간을 찡그렸다. 나름대로 주의를 기울이긴 했다지만 USB가 아주 멀쩡하리라 확신하긴 어려웠다.

'오소독스를 떠나온 후에도 이리저리 굴러댔으니.'

게다가 적시운이 받기 전에 이미 손상되었을 가능성도 무시할 순 없었다.

"일부러 빠져나갈 길을 만들려고 밑밥을 까는 건 아니겠지?"

"밑밥이라니요?"

"핑겟거리 말이야. 해제를 못 했을 경우를 대비해서."

"제 능력이 모자라거나 다른 문제가 있다면 사실대로 말할 거예요. 당신은 제게 있어 무척 중요한 사람인데, 뭐하러 그런 짓을 하겠어요?"

"아직도 날 끌어들일 생각을 버리지 못한 건가?"

"그건 아니에요. 하지만 확신이 생겼죠."

"확신?"

"네, 당신은 에메랄드 시타델과 부딪칠 수밖에 없다는 확신 말이에요."

"놈들이 날 방해하지만 않는다면 나도 굳이 놈들과 싸우진 않을 거야."

"이미 그런 선언까지 해놓고서요? 당신이 싸우기 싫다고 해도 매카시가 가만히 있지 않을걸요?"

"그자에 대해 잘 아나?"

"매카시 말인가요?"

"그래."

클라리스는 잠시 생각할 시간이 필요한 듯 입을 다물었다. 그 와중에도 PDA를 조작하는 손길에는 멈춤이 없었다.

"미친개 매카시. 우리는 그렇게들 부르죠. 아마 놈의 부하들도 별반 다르지 않을 거라 생각해요."

"악명 높은 인간인 모양이지?"
"높다뿐일까요? 시타델과 조금이라도 갈등 관계에 있는 사람 중에 매카시와 충돌하지 않은 사람은 없어요."
클라리스의 눈빛이 착 가라앉았다.
"그리고 대부분은 비참한 최후를 맞이했죠."
"고위 이능력자인 것 같던데."
"A랭크 일렉트로, 뇌전술사예요. 단순히 고압 전류로 상대를 감전시키는 것뿐 아니라 전류를 응용한 다양한 기술을 펼칠 수 있어요."
"예를 들자면?"
"전자기력을 펼쳐 금속을 조종한다거나 초고열을 발생시킬 수 있어요. 소규모의 EMP를 발산하는 것도 가능하고요."
"그래?"
"네, EMP의 경우엔 저희도 한 번 당했었죠."
"그랬군."
적시운에게 있어 뇌전술사는 그다지 생경한 계열이 아니다. 과거 대한민국 특무부 시절 동료 중에서도 뇌전술사가 다수 존재했던 것이다.
하지만 EMP까지 발산할 정도의 막강한 능력자는 만나보지 못했다.
'물어보길 잘한 것 같다.'

EMP 자체는 적시운에게 별 영향을 미치지 못한다. 하지만 혹여나 사용하게 될 전자 장비가 고장이라도 나면 낭패였다. 당장 항시 소지하고 다니는 미네르바부터가 고성능 전자 장비였고 말이다.

클라리스는 PDA에서 손을 떼고서 적시운을 돌아봤다.

"하지만 그자는 어디까지나 개. 조로아스터의 사냥개일 뿐이에요."

"매카시보다도 조로아스터에 대한 적개심이 더 큰 것처럼 보이는데."

"매카시가 미친개라면 조로아스터는 그 이상의 광인이니까요."

"그래?"

적시운은 조로아스터와 대면했던 당시를 떠올렸다. 그때의 첫인상은 클라리스가 말하는 광인과는 꽤나 거리가 있었다. 겉과 속이 다른 경우야 그리 새삼스러울 것도 없긴 했지만.

"조로아스터도 매카시도 당신을 포기하진 않을 거예요. 그 의도가 무엇이 되었든 간에 말이죠."

클라리스는 단언했다.

"당신이 통신기를 통해 남긴 말은 선전포고나 다름없어요. 최소한 그 둘은 그렇게 받아들일 거예요."

"그리고 나는 놈들과 싸울 수밖에 없다는 거군."

"네, 진의야 어떻든 당신은 우리에게 있어 구심점이 될 수 밖에 없어요."

"그거야 너희 사정일 뿐이지."

적시운은 딱 잘라 말했다.

"놈들이 싸움을 걸어온다면 물론 맞서 싸울 거다. 하지만 그뿐이야. 난 너희들의 반란이나 북미 제국의 사정 따위는 신경 안 써."

"알고 있어요. 하지만 그 과정에서 떨어지는 빵가루를 주워 먹는 것쯤은 상관없겠죠?"

"내게 방해만 안 된다면."

"물론 그런 일은 없을 거예요."

클라리스가 PDA를 내밀었다.

"그 안에 해독된 데이터가 들어있어요. 그 상태 그대로 가지고 다녀도 괜찮기는 하지만, 되도록 백업해 두는 게 좋을 거예요. 기기가 손상될 수도 있으니."

"복사한 후에 돌려주지."

"그러면 고맙기야 하지만, 굳이 그러지 않으셔도 돼요. 선물한 셈 치죠."

"그렇게 말한다면."

적시운은 PDA를 백팩에 넣었다.

"그런데 이제부터는 어쩔 생각이지?"

"네?"

"놈들이 나만 노리는 건 아닐 텐데? 오히려 색출하기 쉬운 쪽은 너희들 아닌가?"

"그건 그렇죠. 당분간은 쥐 죽은 듯 지내는 수밖에요."

그게 과연 쉬울까 싶긴 했지만 적시운은 더 관여하지 않기로 했다.

"행운을 빌지."

방사선 차폐 장치가 설치되자마자 적시운은 천룡혈독공의 수련에 들어갔다.

사실 가능성에 대해선 반신반의하고 있던 적시운이었다. 방사능은 상식적으로 알려져 있는 독과는 전혀 다른 물질이었기 때문이다.

독이라기보다는 에너지라 불러야 할 터.

인체에 작용하는 방식 자체가 확연히 달랐다.

물론 이것은 21세기까지 적용되던 물리학적 상식이고 블랙 링이 등장한 이후로는 많은 것이 변하기는 했다.

마수들에게 있어 방사능은 초월적인 힘을 선사하는 축복. 반면 인간에겐 여전히 죽음의 에너지로 남아 있었다.

"어쨌든…… 해보는 수밖에."

뭐가 되었든 시도해서 나쁠 것은 없었다. 다행히 방사능 피폭을 치료하는 약품과 장치도 다수 존재했고.

그럼에도 그렉은 석연치 않은 표정이었다.

"정말 괜찮겠나? 자칫하면 치료제도 통하지 않게 될 수 있다."

"나도 믿을 구석 하나 없이 이걸 시도하는 게 아냐."

커럽티드 울프의 방사선 방출량은 결코 적지 않다. 엘리트 레벨의 경우라면 더더욱 그렇고.

적시운은 방호복이 박살 난 상태에서 엘리트 레벨 커럽티드 울프와 근접전을 벌였다. 그것도 거의 30분 가까이. 그러고도 약간의 현기증을 제외하면 딱히 후유증을 겪지 않았다. 예전이라면 결코 불가능했을 일이었다.

'경우의 수는 한 가지뿐이다. 내게 이미 어느 정도의 면역력이 갖추어졌다는 것.'

무의식중에 천룡혈독공의 능력이 발휘된 것인지도 모른다. 혹은 단순히 육체적 능력이 향상된 덕택인지도 모르고.

뭐가 되었든 천마신공의 영향이라는 것만은 분명했다.

'그렇다면 이것 또한 시도해 볼 만하다.'

적시운은 그렇게 결론을 내렸다.

본인의 의지가 확고하니 그렉 또한 더 반대하진 않았다.

“알겠다. 장치 조작은 내게 맡기도록.”

“그래.”

적시운은 방사선 방출 장치가 설치된 방 안으로 들어갔다. 그리고 방 한가운데에 정좌했다. 운기조식을 하기 위함이었다.

‘기왕 할 거라면 이쪽이 낫겠지.’

천마신공의 기운이 가장 왕성해지는 순간. 필시 천룡혈독공의 영능 또한 최대치로 발현될 것이었다.

적시운은 눈을 감고 호흡에 집중했다. 동시에 자신의 의식을 무의식의 수면 아래로 가라앉혔다.

눈발이 멎은 무한산 척릉에 새싹들이 피었다. 거센 산바람도 봄기운을 막을 수는 없는 듯 산 곳곳이 파릇파릇하게 물들었다.

그 정상에 서 있는 사람이 둘.

노인과 청년이었다.

“정말 하산할 생각이십니까?”

“그렇다.”

묻는 쪽이 노인이요, 대답하는 쪽이 청년이었다.

"중원의 산천을 피로 물들이실 생각이시군요."
"놈들이 시작한 싸움이야."
"그들의 생각은 반대일 것입니다."
"놈들의 생각 따위는 알 바 아니지."
청년의 두 눈에 시퍼런 귀기가 어렸다.
"연아의 목숨값을 반드시 받아내고 말 것이다."
"천하 모든 것에 피칠갑을 하더라도 그 값을 받아낼 순 없을 것입니다."
"그렇더라도 최소한 자기만족 정도는 할 수 있을 테지."
청년은 차갑게 웃었다.
"복수는 아무것도 낳지 못한다느니, 복수에 성공해 봐야 공허함만 남는다느니 하는 건 개소리야. 설령 그렇다고 하더라도 아무것도 하지 않은 채 후회 속에 사는 것보단 낫겠지."
"복수하고 나서 생겨날 후회에 대해선 생각해 보셨습니까?"
"안 해도 후회하고 해도 후회할 거라면 하는 쪽을 택하겠다. 그리고 정말 후회할지 안 할지는 아직 모르는 것 아닌가?"
그 어떤 말로도 청년을 설득할 수는 없으리라.
노인은 지그시 두 눈을 감았다.
"이 노구는 그저 교주께서 과거의 그림자로부터 벗어나시기만을 바랄 따름입니다."
"나 또한 그러고 싶다. 어쩌면 이 모든 게 끝난 다음이라면 가능할지도 모르지."

청년은 소리 없이 웃었다.

"그러니 확인해 보고 오겠다. 내가 바라는, 본좌가 바라는 구원이 존재할지 말이야."

노인은 청년을 향해 허리를 깊이 숙였다.

"원하시는 바를 이루시기를 간원하나이다, 천마시여."

"무슨 일이야, 그렉?"

그렉의 호출에 아티샤와 헨리에타가 불려왔다.

그렉은 가타부타 설명 없이 무언가를 가리켰다. 몇 겹으로 이루어진 차폐막이었다. 강철로 이루어진 벽면의 일부는 유리창이었고 그 창을 통해 내부를 확인하는 게 가능했다.

그 너머, 몇 겹의 유리창 너머에 적시운이 있었다. 그냥 보아선 아무 문제도 없어 보였다. 눈을 감고 앉아 있는 것이 조금 특이하긴 했지만.

"저러고서 졸고 있는 건…… 아닐 테고. 뭐 하고 있는 거지?"

"이거, 방사선 차단용 벽이로군요."

아티샤의 말에 헨리에타가 움찔했다.

"잠깐만. 그렇다는 건 설마……?"

그녀의 시선이 적시운의 뒤로 향했다.

대형 냉장고만 한 크기의 입방체. 알루미늄 재질로 이루어진 장치의 중앙에서 원통형의 팬이 빛을 내며 회전하고 있었다.

“저 장치는 대체 뭐야, 그렉?”

“방사선 사출 장치다.”

두 여인의 얼굴이 핼쑥해졌다. 하지만 그렉의 말은 아직 끝난 게 아니었다.

“저 안에 들어간 지 3시간이 지났다.”

“……!”

헨리에타가 그렉을 거칠게 벽으로 밀었다.

“미쳤어? 멈추지 않고서 대체 뭘 한 거야!”

“진정해요, 헨리에타.”

“지금 진정하게 생겼어? 지금이라도 당장 멈춰!”

“그는 안전하다.”

그렉의 말에도 헨리에타는 믿지 못하겠다는 얼굴이었다.

“지금 그 말을 믿으라는 거야?”

“믿어라. 심장박동이 느려진 것을 제외하면 그의 상태는 놀라울 정도로 양호하다.”

헨리에타는 홱 고개를 돌려 적시운을 보았다. 확실히 그렉의 말마따나 무척이나 편안해 보였다.

"정말로 괜찮은 거야?"

"육안으로도 확인할 수 있을 텐데? 그가 무리 없이 호흡하고 있다는 것을."

"하지만 저 안에는……."

"결코 적지 않은 양의 방사선이 방출되고 있지. 피폭될 경우 건장한 성인조차 무사하지 못할 수준의."

"그런데…… 아무렇지도 않다고?"

"그렇다."

그렉에게선 한 치의 망설임도 느껴지지 않았다.

"다만 계속 저렇게 두는 게 과연 괜찮을지는 의문이더군. 그래서 너희와 상의하고 싶어서 부른 것이다."

"원래 계획은 뭐였는데?"

"1시간 정도만 가동하기로 했다. 다만 깊이 잠들기라도 한 것인지 고함을 쳐도 반응이 없더군."

당연하다면 당연한 일이었다. 차폐막이 수 겹에 걸쳐 설치되어 있었으니 고함이 아니라 청천벽력이 터지더라도 들리지도 않을 터였다.

"그냥 장치를 끄면 되는 일 아닌가요?"

"그럴까 생각도 해봤는데……."

그렉은 미간을 찡그렸다.

"나는 이런 부정확한 표현을 선호하진 않지만 왠지 그래서는 안 될 것 같다는 생각이 들더군.”

11

“하긴, 그도 그렇네요.”

아티샤가 고개를 끄덕였다.

“사실 저도 비슷한 느낌이 들었어요. 뭐라고 콕 집어 정확하게 표현하긴 어렵지만요.”

“흠.”

“어쨌든 셋 중 둘은 내버려 두자는 의견이군요. 헨리에타의 생각은 어때요?”

“나 말이야?”

“네, 결정을 내리는 건 어디까지나 대장의 몫이잖아요?”

“자, 잠깐만.”

헨리에타는 당혹감에 얼굴을 붉혔다.

“난 더 이상 너희들의 공대장이 아냐. 더 이상은 예전과 같은 수직 관계가 아니라고.”

“그래도 저는 헨리에타가 결정하는 게 좋다고 봐요.”

“나도 동감이다.”

“어째서?”

헨리에타의 반문에 그렉은 어깨를 으쓱했다.

"내가 결정하는 건 귀찮으니까."

"……."

"저도 동감해요."

능글맞게 웃는 아티샤.

헨리에타는 바보가 된 기분에 한숨을 쉬었다.

"위험한 거라면 애초에 시도하지도 않았겠지. 그리 오래 알고 지낸 건 아니지만 최소한 내가 아는 적시운은 그런 남자야."

"그 점도 동감해요."

"좋아. 그러면 그냥 내버려 두자. 어째서 이렇게 오랫동안 저 안에 들어가 있는지는 모르겠지만, 때가 되면 알아서 나오지 않겠어?"

아티샤와 그렉은 고개를 끄덕였다.

"그렉은 이거 설치하느라 피곤했을 텐데 먼저 들어가 봐. 여기는 내가 지킬 테니."

"사양하고 싶지만 그러기 힘들겠군."

과연 그렉의 얼굴은 눈에 띄게 초췌해져 있었다. 누가 봐도 철야했음을 추측할 법한 몰골. 휴식이 필요할 터였다.

아티샤가 빙긋 웃었다.

"그렉 씨를 데려다주는 건 제가 할게요. 두 분만의 오붓한 시간을 방해하면 안 될 테니."

"무슨 소릴 하는 거야?"

"잘해보세요, 헨리에타."

"아티샤!"

장난스럽게 웃은 아티샤가 그렉을 업다시피 하고 빠져나갔다.

혼자 남은 헨리에타는 차폐막 너머의 적시운을 살펴봤다. 호흡을 제외하면 미동조차 없는 모습. 적시운은 그녀가 처음 왔을 때 모습 그대로 바닥에 앉아 있었다.

"어쩌다 일이 이렇게 된 거지."

자기도 모르게 혼잣말이 흘러나왔다.

원래 목적은 이게 아니었다.

상당한 실력자인 적시운을 영입함으로써 헨리에타 본인의 입지를 강화한다.

그것이 원래의 목적이었다.

한데 어느새 이렇게 되어버렸다. 원래 목적인 공대장의 자리는 뒷전이 된 것이다.

사실 이렇게까지 할 필요는 없긴 했다. 몇 번이나 적시운 덕분에 목숨을 구했다고는 하지만 말이다.

적시운 본인부터가 보답 따위를 필요로 하지 않았다. 반드시 갚아야 할 의무가 따로 있는 것도 아니었고.

은혜를 갚지 않더라도, 아니, 오히려 원수로 갚는다고 해도 문제 될 것은 없다. 죄책감 따위에 눌려서야 험난한 황무지에서 살아남을 수 없는 법이니.

세인트 로드로 돌아가는 게 답이었을지도 모른다. 적시운은 그저 스쳐 지나가는 인연이라 생각하고서.

하지만 그녀는 이곳에 남았다.

"무엇을 위해서?"

스스로에게 물어봐도 답은 나오지 않았다. 다만 분명한 건 그다지 후회가 되진 않는다는 점이었다.

적시운이 눈을 뜬 건 5시간 뒤의 일이었다.

주변은 여전히 밝았다. 발전기를 설치해 둔 덕분에 전기 공급엔 문제가 없었다. 그래도 바깥은 칠흑 같은 어둠에 잠겼을 터.

처음 생각한 것보다 오랜 시간을 운기조식에 쏟고 말았다. 사실 적시운 본인으로서도 꽤나 생경한 경험이었다. 원래 계획대로라면 반시진, 즉 1시간 내에 끝났어야 했던 게 8시간으로 연장된 것이다.

'삼화취정이라거나 오기조원 같은, 뭐 그런 걸까?'

[그럴 리가 있나.]

천마가 대뜸 혀를 찼다.

[그냥 평소보다 깊이 잠든 것뿐일세. 삼화취정, 오기조원이 어

디 애들 장난인 줄 아나? 그리 간단히 해내게.]

'어쨰 평소보다 까칠한 반응인데.'

잠시 생각하던 적시운은 내심 웃었다.

'내가 꾼 꿈 때문에 그러는 거야?'

[무슨 말을 하는 건지 모르겠군.]

'그래서, 복수를 하고 난 기분은 어땠지?'

[…….]

'당신의 기억은 읽을 순 있어도 그 순간의 감정이 어땠을지는 알기 어렵더라고. 그래도 당신의 복수심엔 동감해. 나도 내 가족들이 그런 꼴을 당했다면 당신처럼 복수하려 했을 거야.'

천마는 대답이 없었다. 여느 때처럼 무의식 깊은 곳에 숨어버리기로 한 모양. 어지간히도 대답하기 힘든 모양이었다.

'망령은 이래저래 편해서 좋겠어. 나는 숨을 곳도 없는데.'

적시운은 몸을 일으켰다. 그렉에게 장치를 끄라고 말하려 했으나 이내 그가 없다는 것을 감지했다. 더불어 불청객이 와 있다는 것도.

"흠."

일단은 염동력으로 외부의 기판을 조작, 방사선 사출 장치를 정지시켰다. 이어서 제독 장치를 이용해 몸에 묻은 방사능을 제거했다. 그런 다음 남아 있는 방사능 수치를 확인했다.

"……?"

특이하게도 제독을 통해 씻겨 나간 방사능 물질이 거의 없었다. 애초에 피폭당한 수치 자체가 0에 수렴했던 것이다.

그 말은 곧 면역력이 생겨났다는 뜻. 혹은 체내의 무언가가 방사능을 상쇄시켰다는 의미였다.

'천룡혈독공이? 하지만 이렇게나 빨리 면역력이 생겼을 줄은…….'

[빠른 것은 아니지. 이미 늑대들과 싸우던 시점에 어느 정도 면역력이 생겼을 테니 말이야.]

숨어버린 줄 알았던 천마가 한마디를 툭 던졌다. 아까 하던 얘기나 마저 할까 싶었으나 적시운은 그러지 않기로 했다. 어차피 말해봐야 또 숨어버릴 게 뻔했으니까.

'어쨌든 이제 방사능에 대해선 걱정하지 않아도 될 것 같은데.'

[음.]

'아예 마수들처럼 육체 강화 효과 같은 게 나타난다면 더 좋을 것 같지만.'

[자네가 해치웠던 늑대들처럼 말이군.]

'그래. 뭐, 너무 욕심부릴 필요는 없겠지.'

[그러고 보니 늑대를 잡고서 얻은 영단들이 있지 않았나?]

그랬다. 정확히는 마스터 브레인을 해치우고 얻은 것까지

3개. 잃어버릴까 싶어 항상 조끼 안주머니에 넣어 보관하고 있었다.

[그것들, 되도록 빨리 복용하는 게 나을 것 같네만.]

'나도 그러고는 싶은데 흡수할 거라면 최대한 효율적으로 해야 하지 않겠어?'

[하긴 그냥 먹기엔 지나치게 단단해 보이는군.]

'애초에 이걸 무식하게 먹는 사람 자체가 없다고. 보통은 장치를 이용해 에너지를 흡수하지.'

[그렇다면 역시 자네도 흡성공을 이용하는 게 좋을 것 같군.]

'흡성공이라. 지난번에 말했던 그 사술 말이지?'

[그렇다네. 마침 지금이 괜찮은 시점인 것 같군.]

'어째서?'

[네 시진의 운기조식을 통해 자네의 기맥이 일시적으로 타통되었기 때문이지. 평소의 배 이상으로 말이야.]

'쉽게 말해서…… 에너지를 흡수하는 능력이 평소보다 높아졌다는 건가?'

[그렇게 이해하면 되겠군. 이 상태는 일시적인 것이니 나중으로 미루기도 애매하네.]

'나중에 다시 운기조식을 하면 해결될 문제 아니야?'

[이번처럼 깊고 정순하게 집중할 수 있는 기회가 몇이나 될 거라고 생각하나?]

'그건…….'

[삼화취정에 비할 바는 결코 아니지만, 이 정도로 빼어난 성취를 토납 중에 이루는 경우는 수년에 한 번 꼴일세.]

단언하듯 말한 천마가 잠시 후에 덧붙였다.

[자네는 좀 특이한 경우이니 수년까지는 아닐지도 모르겠네만.]

'뭐야, 그게.'

[어쨌든 지금을 넘기면 당분간 이만한 기회는 얻기 힘들 걸세.]

'흐음.'

적시운은 팔짱을 끼고 고민했다. 천마의 말만 보자면 지금 당장 세 코어의 에너지를 흡수하는 게 나아 보였다. 하지만 나중에라도 더 좋은 흡수 방법을 찾아낼 가능성도 아예 없지는 않았다.

'그렇다면.'

절충안을 택하는 게 나을 터.

언제나 만약을 생각하는 적시운으로선 당연하다면 당연한 결론이었다.

'커럽티드 울프 부부의 코어를 흡수한다.'

마스터 브레인의 코어는 나중을 위해 남겨두기로 했다. 어떤 형태로든 쓸모가 있는 것이 코어라는 물건이었으니.

그렇다면 남은 일은 하나뿐. 흡성공을 펼치는 것이었다.

"후우."

지식 자체는 머릿속에 있었다. 다만 그 개념을 안다는 것과 직접 펼친다는 것은 별개의 문제였다.

[기본적인 방식은 운기조식과 비슷하네. 다만 호흡을 코와 입이 아닌 손으로 한다고 생각하면 되네.]

'……도저히 가능할 것 같지 않은데?'

[쉽지는 않겠지. 그렇기에 긴 시간이 필요할 테고. 벌써부터 겁먹을 것은 없네. 아직은 여유가 있으니.]

'그래.'

적시운은 나직이 심호흡을 했다.

'이보다 더한 것도 해내왔으니까.'

"음, 으음."

눈을 뜬 헨리에타가 끙 하고 신음을 뱉었다. 변변한 침구 하나 없이 맨바닥에 웅크리고 잤더니 척추가 비명을 지르는 듯했다. 용케도 잠이 들었구나 싶을 지경.

그녀는 부스스한 머리를 긁적이며 상체를 일으켰다. 관절과 뼈마디가 경쟁하듯 우드득거렸다.

"여기는……."

멍했던 머릿속이 정리되고 나니 자신이 어디에 있는지도 떠올랐다.

"아!"

헨리에타가 뒤늦게 화들짝 놀랐다.

"적시운!"

그녀는 황급히 몸을 일으켜 차폐막 쪽으로 다가갔다. 적시운이 저 안에 들어간 지 몇 시간이나 지난 것인지 감도 잡히질 않았다.

"아……?"

방사선 사출 장치는 어느새 작동이 정지한 뒤였다.

적시운이 앉아 있던 자리에는 아무도 없었다. 뭔가 잘못된 것은 아닐까 하는 생각에 머릿속이 어지러웠다.

"어, 어쩌면 좋지? 무엇부터 해야 하지?"

"딱히 뭔가를 할 필요는 없어 보이는데."

홱 몸을 돌린 헨리에타는 안도했다. 동시에 온몸의 기운이 쭉 빠져나갔다.

"당신이었구나."

"그래."

적시운이 대답했다. 두 손으로는 전투식량 박스를 뜯으며.

"언제 밖으로 나온 거야?"

"두어 시간 전쯤에."

"나왔으면 깨우지 않고."

"세상모르고 자는 걸 보니 깨우면 안 될 것 같던데."

헨리에타의 얼굴이 당장에라도 터질 듯 붉어졌다.

"미안해."

"뭐가?"

"그렉한테 잘난 척하며 말했었단 말이야. 당신은 내가 돌볼 테니 돌아가서 쉬라고. 그렇게 말해놓고는 세상모르게 잠만 자다니……."

"딱히 상관은 없는데. 오히려 아무것도 안 하는 게 날 돕는 거라."

"그, 그래도. 만약 무슨 문제라도 발생했다면 다 내 잘못인 거잖아."

"아니, 그건 아냐. 오히려 네가 뭔가를 하려다 문제를 일으키는 게 문제라면 문제지."

"윽."

신랄한 대답에 헨리에타는 몸을 움츠렸다.

적시운은 픽 웃고서 전투식량 박스를 하나 건넸다.

박스를 받아 든 헨리에타는 여러모로 복잡한 표정이었다.

"저기, 몸은 좀 괜찮은 거야?"

"보면 알잖아. 멀쩡해."

확실히 육안상으로는 전혀 문제가 없어 보였다. 장기간 방사능에 피폭당했다고는 생각하기 어려운 모습. 믿기는 어렵지만 방사능을 맨몸으로 견뎌낸 것이 분명했다.

'게다가…….'

말로 표현하기는 어려웠지만 적시운이 풍기는 느낌이 예전과는 조금 달라진 것 같기도 했다.

움직임이나 태도에 한결 여유가 생겼다고나 할까?

다만 거기서 그치는 게 아니라 뭔가가 더 있다는 느낌이 들었다. 역시나 말로 표현하기는 어려웠지만.

"저기, 있잖아."

헨리에타가 조심스럽게 말을 꺼냈다.

"어제 무슨 일이 있었던 건지 물어보는 건 실례겠지?"

"응."

"……알겠어. 더 캐물으려 들진 않을게. 어쨌든 중요한 건 당신이 무사하다는 거니까."

적시운은 내심 쓴웃음을 지었다.

'무사하다…… 라.'

결과적으로 보자면 무사하긴 했다. 다만 그 결과까지 이어지는 과정이 순탄치 않았을 뿐.

'하마터면 정말 골로 갈 뻔했으니 말이야.'

제14장
사냥의 계절

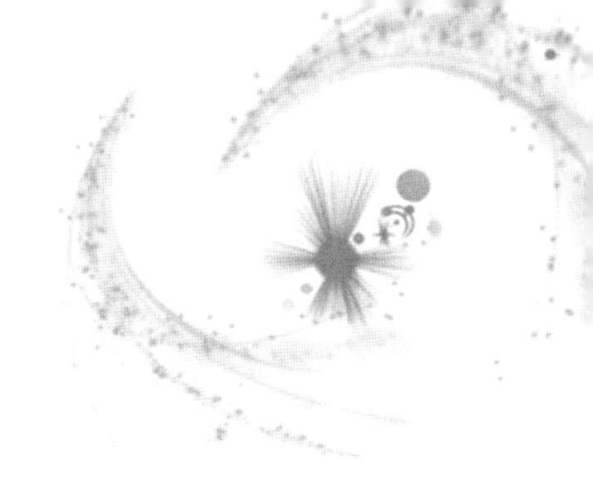

1

흡성공을 처음 펼치기까진 1시간이 걸렸다. 그마저도 완벽한 경지는 아니고 코어의 에너지 중 일부가 손바닥에 스며드는 수준이었다.

물론 그것만으로도 적시운에겐 충분했다. 어디까지나 첫 시도가 어려울 뿐 일단 시작하고 나면 뭐든지 익숙해지는 법. 콜럼버스의 달걀 일화가 새삼 떠오르는 순간이었다.

'이 감각을 체화한다.'

다음 2시간을 전부 여기에 소모했다. 그래도 성과는 충분했다. 마침내 3시간째에 들어섰을 때 대량의 에너지가 체내로 흘러들기 시작했다.

문제는 그때부터.

코어에 담겨 있던 에너지가 적시운의 체내에 축적된 천마신공과 상충 작용을 일으켰다.

기껏해야 변형된 내공일 거라던 예상과 달리, 코어 내의 에너지는 내공과는 전혀 다른 성질을 띠고 있었다.

[흡수량을 줄이게. 자칫하면 양손의 기맥이 뒤틀릴 수도 있네.]

'빨리도 말한다!'

[이 정도의 힘을 아무런 대가도 없이 취할 수 있으리라 생각했나?]

'됐으니까 뭘 어떻게 해야 할지나 말해봐!'

[기본적으로는 천룡혈독공의 응용일세. 천마신공과 상충하는 기운을 다시 생각해 본다면 독이라 할 수도 있지 않겠나?]

'그래서, 몸에 받아들인 다음 항체를 형성하라고?'

[그렇다네. 그러니 소량만을 흡수한 다음 자네의 몸에 융화시키게.]

백신과 같은 원리. 미량의 항원을 몸에 들여 항체를 생성, 면역력을 갖춘다.

물론 그게 말처럼 쉬운 일은 결코 아니었다. 몸에 작용하는 부담 또한 만만치 않았고.

그래도 다른 길은 없었다. 이미 여기까지 와버린 이상 억지로 중단하기도 애매했다.

'죽기 살기로 해보는 수밖에!'

결국 나머지 시간은 기운 융화에 모조리 소모하고 말았다.

코어 하나의 에너지를 어찌어찌 흡수하고 나니 동이 트는 새벽녘. 뭘 어떻게 했는지 기억도 거의 나지 않았다. 분명한 사실은 커럽티드 울프의 코어 하나를 흡수했다는 것이었다. 물론 도중에 낭비되거나 옆으로 샌 에너지가 압도적으로 많기는 했지만.

'흡수율은 대략 20퍼센트 정도일까.'

결코 낮은 수치가 아니었다. 특수 장비를 이용한 코어 흡수의 효율이 대략 10퍼센트를 웃도는 수준이었으니.

게다가 적시운으로서는 이게 첫 시도. 지금보다 효율을 높인다는 게 불가능한 얘기는 결코 아니었다.

'문제는 이게 내공으로 흡수된 게 아니라는 점인데.'

코어에 담겨 있는 이온 에너지는 내공과는 전혀 다른 기운. 그렇다 보니 두 가지를 융화한다는 것 또한 결코 쉬운 일이 아니었다.

엄밀히 말해 적시운은 이에 실패했다. 다만 몸속에 면역체계를 구축, 대미지 없이 코어 에너지를 받아들였을 뿐이다. 요컨대 코어로부터 흡수된 에너지는 내공과는 별개로 적시운의 몸에 저장된 것이었다.

'SP와 MP가 따로 있다고 생각하면 되려나.'

내공을 스태미너 포인트(SP)라 한다면 이온 에너지는 매직 포인트(MP). 이 경우엔 염동력에 펼치는 데 필요한 에너지의 용량이 늘어난 셈이었다.

'이런 식으로 반복해 나간다면…….'

지난번과 같은 랭크 업 또한 가능할 터.

물론 더블 B에서 트리플 B로 넘어가는 것과 A랭크로 넘어가는 것은 그 격이 다르긴 했다.

그래도 계속해서 코어 에너지를 축적하다 보면 언젠가는 가능한 일. 그것만으로도 큰 동기부여가 되었다.

"저기, 무슨 생각을 그렇게 해?"

헨리에타의 질문에 적시운은 상념에서 벗어났다. 뭐라 대답할까 하다가 대강 하기로 했다.

"시끄럽다고 생각하고 있었어."

"응? 뭐가?"

"네 코 고는 소리."

"……!"

헨리에타의 얼굴이 묘하게 굳었다.

"정말로?"

코골이를 하기는 했다. 얕은 수준이긴 했지만.

적시운이 태연히 고개를 끄덕이니 헨리에타의 고개가 절

로 푹 꺾였다.

"가, 가끔…… 피로할 때마다 코를 좀 골기는 해. 근데 그 소리가 그렇게나 클 줄은 몰랐어."

아지트에서 편히 쉬었을 텐데 뭐가 그리 피곤할까.

한마디 던지려던 적시운은 이내 마음을 바꿨다.

'생각해 보니 그 녀석이 있었지.'

비상식량.

단순한 견종이 아니라 다이어 울프의 새끼.

그런 만큼 말썽을 부리는 수준부터가 여타 강아지들과는 격이 다를 터였다.

"아지트 쪽엔 별일 없었지?"

"응? 으, 으응."

적시운이 화제를 돌리자 헨리에타가 기다렸다는 듯 대답했다. 화제가 바뀌는 게 무척 반가운 모양이었다.

"다만 앞으로도 괜찮을지는 모르겠어. 거리의 분위기가 심상치 않거든."

"거리의 분위기?"

"경비병, 그러니까 치안 유지 부대의 순찰 빈도가 눈에 띄게 늘었어. 행인에 대한 불심검문도 부쩍 늘었고."

"나를 노리는 건 아닐 테고. 저항군을 색출하려는 건가?"

"아마도? 어쩌면 시타델 지방 정부도 꽤나 긴장했다는 증거일지도 모르겠어.”

식사를 마친 후 적시운은 지상으로 나왔다. 원하던 데이터를 손에 넣었으니 슬슬 에메랄드 시타델을 떠나야겠다는 생각이 들었다.

‘태평양을 건너려면 서쪽으로 가야 한다.’

당장 떠오르는 서쪽의 도시들이라면 LA나 샌디에고, 샌프란시스코와 시애틀 정도였다.

물론 지금은 다른 이름으로 불리고 있을 것이다. 미합중국의 도시가 아닌 북미 제국의 도시로서.

어쨌든 그러한 도시들에 도착하는 게 우선일 듯싶었다. 바다를 건너갈 수단은 그 후에 찾는 게 나을 것이다. 그게 배가 되었든 비행정이 되었든.

‘긴 여정이 되겠지.’

직선거리로만 따져도 족히 2천 ㎞ 이상. 그래도 비행선을 구한다면 시간을 단축할 수 있으리란 게 위안거리였다.

‘차라리 세인트 로드에 가서 도움을 청할까.’

적시운이 그렇게 고민하고 있을 때, 헨리에타가 헐레벌떡 뛰어나왔다.

“큰일이야!”

“무슨 일인데?”

그녀는 대답 대신 통신기를 내밀었다. 때마침 노이즈 섞인

음성이 흘러나오고 있었다.

–제대로 전달될지는 모르겠지만 일단 메시지를 보낸다.

억양의 고저가 없는 차분한 목소리.

그렉이었다.

–아지트가 포위당했다.

"망할 자식들!"

밀리아가 클레이모어를 지팡이 삼아 몸을 일으켰다.

두 정의 미니건을 든 아티샤가 굳은 얼굴로 창밖을 살폈다.

"아무래도 제 잘못인 것 같아요. 식료품을 사러 나갔을 때 미행당한 모양이에요."

"넌 여러모로 눈에 띄니까. 뭐, 됐어. 어차피 언젠가는 이렇게 될 일이었잖아?"

쾌활하게 말하는 밀리아였으나 여전히 온몸이 식은땀으로 흥건한 상태였다.

온몸이 박살 나 침대 신세를 졌던 게 고작 며칠 전의 일. 짧은 시간 동안 이만큼이나마 회복한 것이 놀랄 일이었다.

턱턱턱턱.

천장과 연결된 사다리를 타고 내려온 그렉이 벽에 걸린 돌격 소총을 끌어 내렸다. 레이저 스코프가 달려 있는 개조품이었다.

"치안 유지대와는 별개의 부대로군. 중무장한 보병이 100명쯤 되는 것 같다."

"요원들은?"

"확인하지 못했다. 하지만 매복을 했거나 일반 병사로 위장했을 가능성은 충분하다."

"요원이 없다고 가정해도 불리한 상황이네요."

"흥, 까짓것 뚫고 나가면 그만이야."

밀리아가 클레이모어를 시험 삼아 휘둘렀다. 제법 그럴싸하게 휘두르긴 했으나 확실히 평소와 같은 강맹함은 느껴지지 않았다.

"확실히 불리한 상황이에요. 이대로 싸워선 승산이 없어요."

"그래서 항복이라도 하자는 거야, 아티샤?"

"해야 한다면 그래야죠."

"그게 무슨……!"

"조용."

그렉의 말에 밀리아가 입을 다물었다. 그 직후에 바로 구시렁거리긴 했지만.

아티샤가 감사의 묵례를 하고는 말을 이었다.

"시타델과 적시운 님 사이에 무슨 일이 있었는지는 몰라도 저들이 노리는 게 우리가 아니라는 것만은 분명해요. 우리는 범법을 저지르지도 않았고요."

"그래서?"

"저들은 적시운 님이 여기에 없다는 걸 몰라요. 그러니 대화로 해결하는 것도 가능하지 않을까요?"

"그분을 팔아넘기자는 말이야?"

"위장하자는 거예요. 이곳은 우리 아지트이며 적시운 님과는 관계가 없다는 식으로."

"아."

뒤늦게 이해했다는 듯 탄성을 뱉는 밀리아. 그러나 여전히 마뜩잖은 표정이었다.

"그게 말처럼 쉬울까? 놈들도 알 것 다 아니까 여기로 몰려온 것 아니겠어?"

"그러니까 그걸 확인해 보자는 거죠. 말 몇 마디면 가능한 일이니까요."

"그래서…… 누가 할 건데?"

"그거야……."

두 여인의 시선이 한곳으로 쏠렸다. 여느 때와 마찬가지로.

"왜 나지?"

"입을 잘 터니까."

그렉이 미간을 팍 구겼다.

"고작 그것 때문에?"

"너무 걱정 마. 총알이라도 날아들라치면 내가 막아줄 테니."

"총알이라면 차라리 다행 아닌가? 놈들 성깔대로면 바주카부터 냅다 갈겨도 이상할 게 없는데."

"그럼 내가 가서 떠들까?"

암만 생각해도 그건 아닌 듯했다. 밀리아라면 잘 풀릴 일도 이중, 삼중으로 꼬아버릴 게 분명했으니 말이다.

그렉은 새어 나오려는 한숨을 애써 참았다.

"아티샤, 너 또한 같은 생각인가?"

"네, 마음 같아선 제가 나서고 싶지만 그렉 씨도 아시다시피 저는 이런 쪽 언변엔 능숙하지 못해서요."

그것도 그랬다. 그녀의 화법은 고즈넉한 오후 티타임에나 어울렸으니.

그렉은 참았던 한숨을 결국 토해냈다.

"내가 하지."

"부탁드릴게요."

"나도."

이 마당에도 어째 태평하게까지 보이는 두 여인이었다.

물론 그렉은 잘 알고 있었다. 그녀들이 애써 평정을 가장하고 있다는 것을.

언제 총화기를 때려 부술지 모르는 백여 명의 무장 병력. 그런 상대를 앞에 두고 긴장하지 않는다면 말이 되지 않으리라.

되도록 전투만은 피하는 게 최선이었다.

'그게 가능할지는 모르겠지만.'

그렉은 나서기 전에 음성 메시지를 녹음했다. 만약 일이 잘못됐을 때를 대비한 것이었다.

"제대로 전달될지는 모르겠지만 일단 메시지를 보낸다. ……아지트가 포위당했다."

도청당할 가능성도 있는 이상은 이 정도가 적당했다.

그렉이 아지트의 문틈으로 상체를 내밀었다. 그 시점에 포위 병력 측에서도 사람이 한 명 걸어오고 있었다.

"그 이상 접근하지 마라. 무슨 일이지?"

그렉의 목소리에 상대방이 멈추었다. 2미터에 가까운 거대한 체구를 지닌 흑인이었다. 밀리아와 비교해도 조금 더 크지 않을까 싶을 정도. 그렉의 앙상한 모가지쯤은 단번에 꺾어버릴 것 같은 위압적인 외관이었다.

"이곳의 주인을 만나러 왔소만."

외모와 달리 상당히 나긋나긋한 음색. 물론 목소리만 가지고 상대를 재단하는 것은 위험했다.

"내가 이곳의 주인이오만."

그렉의 대답에 흑인의 미소가 한층 짙어졌다.

"우리가 알고 있는 바와는 차이가 있구려, 그렉 해밀턴 선생."

"……당신, 특무부 요원이군."

"타이터스라 불러주시오. 서로 알 것 다 아는 사이라고 보는데, 모쪼록 협조해 주셨으면 좋겠소만."

"물론 시타델의 공무에 최대한 협조하고 싶소. 중무장한 병사를 우글우글 끌고 온 것만 아니라면."

"그렇게 안 봤는데 꽤나 수다스러운 성격이시군. 시간을 끌겠다는 작전이오?"

"딱히. 미안하지만 이 안에는 케르베로스 길드의 공대원들밖에 없소."

일부러 길드의 이름을 강조했다. 조금이나마 압박감을 주기 위함. 잘못 건드렸다간 케르베로스 길드는 물론, 라트린 후작가와도 척을 지게 된다는 무언의 경고였다.

'통할까?'

아쉽게도 아니었다.

"미안하지만 이미 우리는 다 알고 있소."

타이터스는 하얀 이를 드러내며 웃었다.

"네놈들이 무직자 신세가 됐다는 것도 말이지."

2

그렉은 쓴웃음을 지었다. 나름 비장의 수라고 생각했던 카드가 무용지물이 되어버렸다. 막다른 골목에 몰렸다고밖에 보기 힘든 상황. 그로서도 뾰족한 수가 떠오르지 않았다. 그렇다면 아무 말이라도 꺼내어 시간을 끌 수밖에.

그나마 다행인 것은 저들이 압도적인 전력을 지니고 있다는 점. 그로 인해 방심하고 있다는 사실이었다.

"체크메이트로군."

"그래, 네놈들의 외통수다."

"어떻게 알아낸 거지?"

"해킹 같은 장난질만이 능사는 아니지. 적당한 지위를 가진 놈을 붙잡아 주리를 틀어버리면 정보쯤은 얼마든지 얻을 수 있거든."

"어디까지 알고 있나?"

"그걸 일일이 설명해 줄 것 같나?"

타이터스는 냉소를 머금었다.

"이제는 내가 질문할 차례로군. 뭐가 좋을 것 같나? 얌전히 끌려갈 텐가, 무의미한 저항 따위를 하다가 팔이라도 잘려볼 텐가?"

"둘 다 거부하겠다면?"

"팔 대신 모가지를 잘라주지."

"네 자신의 모가지를?"

"말장난 따위로 시간을 끌 생각인가? 무직자 놈들이 생각할 법한 저열한 수법이군."

그렉은 대답 대신 소총을 들어 올렸다. L85A3. 그리 애용되지는 않는 모델이었다.

"5.56㎜ 장난감 따위를!"

만면에 조소를 띤 타이터스가 양팔을 좌우로 펼쳤다.

취이이익!

그의 손끝으로부터 대량의 가스가 분출되었다. 척 봐도 위험하다는 게 느껴지는 분홍빛 가스였다.

이능력자 중에서도 희귀한 계열인 독술사(Poisoner).

해당 독에 대한 면역력이 없다면 상위 랭커라 해도 단번에 제압당할 위험이 있었다.

"호흡기로 흡입할 것 없이 피부에 닿기만 해도 즉각 효과가 나타나지. 그래도 죽지는 않을 것이다. 제법 고통스럽긴 하겠지만 말이야."

"……."

"최후통첩이다. 지금이라도 얌전히 따라올 텐가, 아니면 죽음의 고통 속에 발광할 텐가?"

"이번에도 대답은 같다."

"둘 다 사양하겠어요!"

쾅!

그렉의 왼편, 벽을 뚫고서 두 개의 총신이 튀어나왔다. 그렉의 소총을 장난감으로 만들어버린 그것은 아티샤의 미니건이었다.

부아아아악!

대형 장갑차의 엔진 소리를 닮은 무시무시한 총성이 터져 나왔다. 수백 발의 탄환이 질풍을 등에 업은 진눈깨비처럼 쏟아져 나왔다.

"큭!"

타이터스가 황급히 방어 아티팩트를 작동시켰다. 소형 배리어가 펼쳐져 그의 몸을 감쌌다.

타라라락!

배리어 위로 수백 개의 불똥이 터져 나왔다. 그러나 그것이 전부. 배리어를 뚫고 들어가기엔 미니건의 화력으로는 부족했다.

"알아서 매를 버는군!"

분홍빛 가스 구름이 아티샤와 그렉을 향해 날아들었다.

"그렉 씨!"

"알고 있다."

그렉이 가스 구름을 향해 손을 뻗었다. 순간 분홍빛 가스가 거짓말처럼 흩어져서는 사라졌다.

"뭣……!"

"네놈만 이능력자인 줄 알았나? 아무래도 우리들의 능력까지는 제대로 확인하지 않은 모양이군."

타이터스의 미간에 골이 파였다.

"변환술사……. 컨버터(Converter)인가? 분홍 귀부인의 분자구조를 변형시켜 분해한 것인가?"

"지금이라도 알아봐 줘서 고맙군. 그나저나 분홍 귀부인이라니, 작명 센스 한번 고약하군."

"닥쳐라! 미끼 주제에 기고만장하지 말란 말이다!"

타이터스가 손을 들어 올렸다. 그와 동시에 진압군의 포위진이 아지트를 향하여 좁혀지기 시작했다.

그렉과 아티샤는 아지트 안으로 들어갔다.

"놈들은 적시운이 이곳에 없다는 걸 알고 있다. 아마도 레이더나 탐지 장비를 이용해 확인했을 테지."

"미끼라는 건 우리를 가리키는 말이겠죠?"

"그래, 일단 우리를 포획해서 적시운을 끌어들이려는 계획 같다."

"당해줄까 보냐!"

밀리아가 두 주먹을 부딪쳐 보였다. 그렉이 나가 있는 동안 몸 곳곳에 붕대를 감아둔 그녀였다. 여전히 힘겨워 보이긴 했지만 그럭저럭 싸울 수는 있을 듯했다.

"근데…… 뭔가 기똥찬 생각 좀 없어, 그렉?"

그렉은 아지트 한쪽에 주차되어 있는 트럭을 돌아봤다.

"운전할 줄 아는 사람 있나?"

"저걸 몰아도 괜찮을까요? 적시운 님이 화내실 텐데."

"어차피 놈들에게 당하고 나면 더 험한 신세가 될 거야. 우리가 써먹는 편이 나을 거다."

쨍강!

창문을 부수며 수류탄이 날아들었다.

황급히 몸을 날린 밀리아가 수류탄을 주워선 그대로 밖을 향해 되던졌다.

콰!

수류탄은 아슬아슬하게 손끝을 떠나 폭발했다.

다행히 던지자마자 자세를 낮춘 덕에 밀리아는 타격을 입지 않았다. 대신 충격을 그대로 받은 벽면이 후드득 뜯겨 나갔다.

그 너머로 보이는 소총병들.

그렉이 L85A3을 들어 올려선 병사 하나를 정조준했다.

탕!

병사 하나가 고개를 뒤로 젖히며 고꾸라졌다.

밀리아가 짤막이 휘파람을 불었다.

"제법인데?"

"그리 먼 거리도 아니었으니까."

신명 나게 달려들려던 병사들이 순간 주춤했다.

그렉은 두 여인을 돌아봤다.

"누가 운전할 거지?"

"제가 하죠!"

아티샤가 운전석에 올랐다. 그렉이 뒤따라 조수석에 올랐다.

"나는 어쩌라고?"

"짐칸에 타라!"

"쳇."

그렉의 대꾸에 밀리아가 입술을 비죽 내밀었다.

밀리아는 탑승에 앞서 주변을 살폈다. 곧 초토화될 곳이니 조금이라도 중요한 거라면 뭐든 챙겨야 했다.

구석에 숨어 있던 비상식량이 쪼르르 달려왔다.

"어휴, 하여간 눈치는 빨라선."

밀리아는 비상식량의 목덜미를 잡고서 짐칸에 올라탔다.

"미트볼 신세 되기 싫걸랑 잘 숨어 있어."

시큰둥한 투로 경고하는 밀리아. 비상식량은 그 말을 알아듣기라도 한 듯 구석진 곳으로 엉덩이를 흔들며 기어들어갔다.

부아앙!

급발진한 트럭이 벽을 부수며 밖으로 나왔다. 빗발 같은 탄환들이 그 뒤를 따랐다.

핑! 피핑!

얇디얇은 차체 따위는 가볍게 뚫고 들어오는 탄환들.

밀리아는 최대한 몸을 웅크렸다.

"이러다 벌집이 되겠어! 뭐라도 좀 해봐!"

"지금 하는 중이다!"

두 손으로 천장을 짚은 그렉이 대꾸했다.

츠츠츠츠.

그의 손아귀로부터 희미한 빛무리가 흘러나왔다. 이윽고 빛의 물결이 트럭 전체로 은은하게 퍼졌다.

변환술사의 능력 중 하나인 컨버팅.

트럭의 차체를 구성하는 금속이 순간적으로 강화됐다.

타타탕! 타타타탕!

탄환들이 더는 차체를 관통하지 못했다. 대신 요란한 충돌음이 고막을 찢을 듯 메아리쳤다.

밀리아는 트럭이 요동치는 와중에도 주변을 뒤졌다. 적시운이 적재해 둔 갖가지 폭발물들이 손에 잡혔다. 밀리아는 그것을 바깥으로 냅다 던지기 시작했다.

콰광! 쾅!

트럭의 뒤편으로 연신 폭발이 일었다. 트럭 차체에 달라붙으려던 병사들이 혼비백산하여 물러났다.

밀리아가 수류탄 상자 하나를 집어 들고는 운전석을 향해 소리쳤다.

"잠깐 좀 다녀올게!"

"네? 내리시려고요?"

"산책 좀 해야지!"

밀리아는 짐칸 밖으로 클레이모어를 던지고는 뒤따라 몸을 날렸다.

그렉은 질렸다는 얼굴로 엄호 사격을 펼쳤다.

트럭은 아직 멀리 벗어나지 못한 상황. 진압군이 깔아놓은 장애물과 지뢰 등으로 인해 연신 급커브를 꺾는 중이었다.

밀리아는 낙법을 쳐 바닥을 한 바퀴 굴렀다. 그 와중에도 용케 상자에서 수류탄을 꺼내어 병사들에게 던졌다.

"……!"

"피해라!"

콰과과광!

땅을 흔드는 폭음이 뒤를 따랐다. 그런 와중에도 몇 발의 탄환이 밀리아를 맞혔다.

"큭!"

예전이라면 조금 따가운 정도에 그쳤겠지만 지금은 소구

경 탄환조차도 치명적이었다.

그래도 밀리아는 이를 악물고서 근성으로 참아 넘겼다.

"너, 이 새끼! 그 얼굴 똑똑히 기억해 뒀어!"

고래고래 소리 지르는 가운데 연신 수류탄을 까 던지는 밀리아. 버서커 특유의 근력 덕택에 수류탄은 무리 없이 수십 m를 날아가 적중했다. 덕분에 파편 타격이 아닌, 폭발 자체의 타격만으로 적들을 분쇄할 정도였다.

쿠구구궁!

상자가 비었을 무렵 폭발을 뚫고서 인영 하나가 쇄도했다.

밀리아는 앞서 던져 놓았던 클레이모어를 황급히 집었다. 손가락이 칼자루를 휘감자마자 오른팔 전체를 끌어당기며 상체를 뒤집었다.

결과적으로 배후를 향해 멋들어진 회전 베기를 날릴 수 있었다.

카앙!

묵직한 반작용이 몸을 강타했다. 기간틱 아머라 해도 잘려 나갈 법한 일격이었는데, 놀랍게도 무기도 상대방도 무사했다.

답은 하나뿐이었다.

"이능력자?"

"그렇다."

라틴계 남성이 대꾸했다. 요원 차림에 큼직한 워해머를 쥐고 있는 사내였다.

타이터스가 어린애처럼 보일 정도의 거구. 보통 인간이 아니라는 것쯤은 추측할 거리도 아니었다.

"버서커는 아닌 것 같고, 바바리안이야?"

"웨어비스트(Werebeast)다."

수인(獸人) 계열의 육체 강화 능력자. 늑대 인간(Werewolf)이나 곰 인간(Werebear) 등으로 대표되는 계열이었다.

그 외형적인 특수성 때문에 배척당하기 쉬웠지만 육체 능력 자체는 동급의 바바리안이나 버서커마저 상회했다.

"한데 당신은 짐승처럼 보이진 않는데?"

"웨어고릴라니까."

"아…… 이해했어. 어쩐지 선글라스가 거의 세숫대야만 하더라니."

"꽤나 값비싼 농담이군. 네 목숨값과 교환될 농지거리니 말이다."

꾸우우욱.

톤 단위의 압력이 밀리아를 찍어 눌렀다. 그녀가 부상 중임을 감안하더라도 무척이나 강력한 근력이었다.

"크으윽."

힘으로 맞서는 것은 자살행위다. 그 사실을 깨달은 밀리아가 황급히 바닥을 굴러 물러났다.

웨어고릴라는 워해머를 짧게 잡고는 그녀를 향해 발길질했다.

부웅!

가볍게 차내는 것인데도 파공음이 심상찮았다. 스쳐도 중상이라는 생각이 밀리아의 뇌리를 때렸다.

타앙!

웨어고릴라의 목이 살짝 옆으로 꺾였다. 정확히 관자놀이를 노리고 날아든 탄환. 그러나 비교적 얇은 머리 가죽조차 뚫고 들어가지 못했다.

"괴물이군."

소총을 거둔 그렉이 침음을 흘렸다.

트럭은 멈춰 선 직후였다. 진압군이 깔아놓은 장애물을 밟고서 타이어에 펑크가 난 까닭이었다. 할 수 없이 트럭을 방패 삼아 싸우게 되었다.

몇 발의 유탄만으로도 전멸을 면치 못할 위태로운 상황이었다. 그런 것치고는 제법 선전하는 중이긴 했지만.

"그래 봐야 시간문제일 뿐."

웨어고릴라가 성큼성큼 걸음을 내디뎠다.

밀리아는 방어적 자세를 취하고서 뒷걸음질을 쳤다.

"너 또한 육체 강화계 능력자인 것으로 아는데."

"그래, 버서커다."

"광전사였군. 한데 지금 행동은 전혀 광전사와 거리가 멀군그래."

"시끄러워. 몸만 멀쩡했어도 네놈쯤은 진작 쪼개 버렸을 거야."

"변명하는 실력 하나는 버서커답군."

비꼬는 게 분명한 말투.

밀리아는 분노에 이를 뿌득 갈았다. 그러나 뾰족한 수는 없는 상황. 상대는 근거리에서 관자놀이를 직격당하고도 멀쩡한 괴물이었다.

'게다가…….'

그녀의 옆구리에 감아둔 붕대가 어느새 붉게 물들어 있었다. 성하지 않은 몸으로 무리했으니 상처가 터지는 것도 당연했다.

"네 말대로 공정하지 못한 상황이긴 하군."

웨어고릴라의 말에 밀리아는 미간을 구겼다.

"그래서 봐주기라도 하겠다는 거야?"

"미안하지만 그건 힘들 것 같군. 하지만 항복을 권유하는 것쯤은 가능하겠지."

"어차피 개죽음당할 텐데 항복해서 뭐한다고?"

"너희는 뭔가 오해하고 있다. 조로아스터 님께서는……."

"올리버!"

황급히 달려온 타이터스가 웨어고릴라의 어깨를 짚었다.

"쓸데없는 소리는 떠들지 마라."

"이게 왜 쓸데없는 소리지, 타이터스?"

"매카시 님의 뜻을 거스를 생각이냐?"

두 사내의 시선이 첨예하게 부딪쳤다.

3

웨어고릴라 요원, 올리버가 미간을 찌푸렸다.

"매카시 님이 조로아스터 님의 직속상관인 줄은 처음 알았군. 나는 그 반대라고 알고 있었는데 말이야."

"의뭉 떨지 마라. 매카시 님께서 이번 일에 얼마나 집중하고 계신지 너도 알 것 아니냐."

"집중이 아니라 집착이겠지."

"그래서? 그분의 뜻에 따르지 않겠다는 뜻이냐!"

"매카시 님이 집착하는 대상이 이들은 아닐 텐데? 그렇다면 굳이 피를 볼 필요는 없을 것이다."

한 치의 양보도 없이 대립하는 두 사람.

밀리아는 황당함 속에 그들을 번갈아 보았다.

'이 자식들, 대체 뭐하자는 거지?'

두 사내가 왜 말다툼을 하는지는 알 수 없었지만 그녀의 입장에선 나쁠 건 없었다. 조금이라도 시간을 끌고 어떻게든 틈을 만들어야 했으니까.

상처 또한 차츰 회복되는 중. 틈을 노릴 정도의 여유는 갖출 수 있을 것 같았다.

'아킬레스건에다 한 방 날리고 재빨리 빠진다면…….'

"하지 마라."

올리버의 말에 밀리아가 움찔했다.

그녀 쪽은 신경 쓰고 있지 않던 타이터스가 뒤늦게 반응했다.

"뭐냐, 설마 저년이 뭔가 수작을 부리려 한 건가? 그렇다면 더더욱 그냥 둘 수 없다."

"그럴 필요까진 없다."

"멍청한 소릴!"

"그러게 말이야!"

덩달아 맞장구를 친 밀리아가 자갈을 집어선 타이터스에게 던졌다.

"헉!"

상처를 입었다지만 그녀는 버서커. 그 힘이 고스란히 실린 자갈의 속도는 시속 200㎞를 웃돌았다.

카각!

자갈이 타이터스의 바로 앞에서 폭탄처럼 터졌다. 그 짧디 짧은 찰나에 올리버가 팔을 뻗어 막아낸 것이다.

흙 부스러기가 타이터스의 얼굴을 찰싹찰싹 때렸다. 에너지 소모가 심한 배리어를 꺼놓았던 만큼 타이터스의 얼굴이 흙 범벅이 되었다.

그래도 목숨은 건진 셈. 올리버가 막아주지 않았다면 얼굴 전반이 함몰되고도 남았으리라.

"이 개 같은 년이!"

"엿이나 먹어!"

밀리아는 똑같이 응수하고서 냅다 뒤로 돌아 내달렸다.

취이익!

타이터스가 뒤늦게 독가스를 살포했지만 그녀의 질주 속도를 따라잡지 못했다.

"제기랄! 저 썩을 년!"

분통을 터뜨리는 타이터스.

올리버는 고개를 저으며 한숨을 내쉬었다.

"쉬운 해결법은 물 건너갔군."

"어차피 잔챙이 셋에 불과하다! 트럭도 펑크 났으니 찍어 누르기만 하면 끝이야!"

타앙!

화답이라도 하듯 탄환이 날아들었다. 이번엔 배리어를 펄

쳐 막아낸 타이터스가 이를 뿌득 갈았다.

"봐라! 놈들도 죽고 싶어 환장하고 있지 않나! 네 가식적인 인도주의에 호응할 생각 따윈 애초에 없는 것이다."

올리버는 대꾸하지 않았다. 그저 뻣뻣이 선 채 팔짱을 낄 따름이었다.

"뭐 하는 거지? 싸우지 않겠다는 거냐?"

"……."

"올리버!"

올리버는 일언반구도 없었다. 상대할 가치조차 없다는 의사가 빤히 느껴지는 태도.

타이터스는 머리통이 폭발할 만큼 열 받았지만 애써 화를 삭였다. 올리버가 반죽음당할 뻔한 그를 구해줬기 때문은 아니었다. 애초에 그런 것에 고마움을 느끼기엔 인간성을 너무나 많이 상실한 타이터스였다.

'매카시 님 앞에서도 그리 뻣뻣하게 굴 수 있나 보자!'

올리버는 타이터스보다 강했다. 육체적 능력만 따진다면 요원들 중 최강이라 할 만했다.

사실 랭크만 따지자면 올리버를 뛰어넘는 육체 강화 능력자들도 없진 않았다. 올리버는 더블 B랭크의 웨어비스트지만 트리플 B랭크의 버서커나 바바리안 또한 요원 중에 있었기 때문이다.

하지만 그들도 올리버를 당해내진 못했다. 랭크마저 뛰어넘는 웨어비스트 특유의 무시무시한 완력과 반사 신경 때문이었다.

때문에 매카시의 오른팔인 타이터스조차도 그에게 함부로 대할 수가 없었다. 황무지 전반에 작용하는 힘의 논리는 시타델이라 하여 예외가 아니었기에.

'하지만 힘만 믿고 뻗대서는 명줄이 길지 못하지, 올리버.'

보호해 줬다는 고마움보다도 자존심을 짓밟힌 데 대한 굴욕감이 더욱 컸다. 오히려 그 자존심으로 인해 보호받았다는 사실조차도 분노로 돌아왔다.

'우선은 놈들부터 해치운 후에!'

타이터스는 그렇게 뒷일을 기약했다.

그렉과 아티샤는 트럭을 방패 삼아 총격전을 이어가고 있었다.

드르르륵! 타탕!

미니건과 L85A3가 연신 불을 뿜어댔다.

촤르륵!

밀리아는 트럭 아래로 슬라이딩하듯 미끄러졌다.

상체만 내민 채 사격 중이던 그렉이 혀를 찼다.

"죽고 싶어 환장했군. 중상을 입었다는 사실조차 망각

했나?"

"그래도 내 덕분에 한숨 돌렸잖아?"

"……."

"훗, 고맙다는 말은 나중을 위해 아껴둬. 앞으로 자주 하게 될 테니."

입을 꾹 다문 그렉이 고개를 설레설레 저었다.

응급 세트를 꺼낸 아티샤가 밀리아에게 다가가 신속한 손놀림으로 약을 발랐다. 젤 성질의 재생약은 붕대 위로 스며들어 밀리아의 회복력을 증진시켰다.

"이제 어떻게 하지?"

그렉은 얼마 떨어지지 않은 폐건물을 가리켰다.

"내가 신호하면 저쪽으로 달려라."

"트럭을 버릴 셈이야?"

"그편이 낫다. 우리에게나, 트럭에나."

"하긴 이대로 있다간 트럭이 벌집이 되어버리겠어요."

벌집만 되다뿐일까. 자칫 연료통이 발화하기라도 한다면 사이좋게 숯불구이 신세가 되어버릴 것이다.

"아티샤, 말해놓은 건 준비됐나?"

"지금 다 됐어요!"

아티샤가 수류탄 다발을 들어 보였다. 몇 개의 수류탄을 철사로 엮어 화환처럼 만들어 놓은 물건이었다. 가히 죽음의 꽂다발이라 할 만했다.

"놈들이 뭉쳐 있는 위치에다 던져!"

"알겠어요."

방향과 위치를 가늠한 아티샤가 수류탄 하나의 안전핀과 클립을 제거했다. 그러고는 투포환을 던지듯 힘껏 날렸다.

휘리리릭!

부메랑처럼 회전해 날아가는 수류탄 다발. 5초의 지연 시간 동안 병사들의 머리 위까지 어렵잖게 날아갔다.

콰과과광!

허공에서 일어난 연쇄 폭발에 진압군들이 혼비백산했다. 트럭을 향해 집중되던 사격 또한 눈에 띄게 줄었다.

"지금!"

"알았어!"

세 사람이 벼락처럼 트럭을 버리고 내달렸다.

그것을 확인한 타이터스가 고래고래 소리를 질렀다.

"어서 사격해!"

타타탕! 타탕!

몇 발의 탄환이 날아갔지만 적중하진 못했다.

초조해진 타이터스가 고개를 홱 돌렸지만 올리버는 여전히 요지부동이었다.

'망할 자식!'

파견된 요원은 그들뿐. 그렇더라도 무리 없이 해낼 수 있는 임무라고 생각했었다. 중무장한 진압군이 무려 100명이나 있었으니 말이다.

적시운이 없는 경우라면 손바닥 뒤집는 것보다도 쉬울 테고, 설령 있다고 해도 두 사람과 진압군 전체를 당해내진 못할 거라 판단했다.

'그런데!'

최소한 전력의 1/3은 될 올리버가 저 모양이었다.

타이터스는 처음부터 올리버가 마음에 들지 않았다. 요원이라면 거의 예외 없이 수행하는 인간 사냥조차 올리버는 거부했다. 또한 되도록 임무를 수행하는 과정에서 피를 보지 않으려 했다.

'반짐승인 주제에!'

성인군자라도 되는 양 구는 것이 타이터스로선 역겹기 짝이 없었다.

게다가 지금은 또 어떠한가? 시타델에 위험이 될 반역 분자들을 소탕하는 작전임에도 대화 따위로 해결하려 하고 있지 않은가.

그걸로 모자라 이젠 아예 임무 수행을 반쯤 포기했다.

'개자식! 애새끼처럼 고집이나 부리다니. 매카시 님께서 돌아오신 후에 어찌 되나 두고 보자.'

"걱정하지 마라, 타이터스."

갑작스런 올리버의 음성에 타이터스는 움찔했다.

'이 고릴라 놈이 이젠 독심술까지 깨우쳤나?'

너무나 절묘한 타이밍인지라 속내를 읽었나 하는 생각이 들 정도였다.

"뭘 걱정하지 말라는 거냐?"

"임무에 실패할 걱정은 하지 않아도 된다는 뜻이다."

다행히 속내를 읽힌 것은 아니었다. 그래도 타이터스로선 여전히 미심쩍을 수밖에 없었다.

"그게 무슨 뜻이지? 네가 나서겠다는 건가?"

"아니."

올리버는 고개를 저었다.

"그럴 필요도 없게 되었다."

"없게 됐다고? 그게 무슨 뜻이냐?"

"얼간이처럼 묻기만 할 게 아니라 직접 확인해 보면 될 일 아닌가?"

타이터스는 이를 악물었다. 하지만 곧이어 폐건물 쪽에서 들려온 굉음을 듣고는 올리버의 말을 대번에 이해했다.

"이제 어쩌지?"

"건물을 옆에 끼고서 계속 달린다. 일단은 추격을 떼어놓는 게 무엇보다도 우선이야."

밀리아의 질문에 그렉이 대답했다. 그리 만족스러운 대답은 아니었지만.

"그다음이 진짜 문제잖아? 지금쯤 시타델 전체에 수배령이 쫙 퍼졌을 텐데."

"그럴 테지."

특무요원들과 전투를 벌이고 시타델 정규군에 사상자를 냈다면 얘기는 끝난 셈. 보고가 올라가는 대로 그들 모두가 수배자 신세가 될 터였다.

그 경우엔 지방 정부뿐 아니라 도시 전체를 적으로 돌리게 된다. 현상금에 눈이 먼 헌터들과 별별 어중이떠중이들이 그들을 노릴 터였다.

"일반인 구역이나 행정 구역은 물론이고 암흑가로도 갈 수 없어. 하나의 예외도 없이 눈에 불을 켜고서 덤벼들 테니."

"그나마 숨 돌릴 만한 곳은 하층민 구역뿐이겠군."

"아!"

갑작스러운 아티샤의 외침. 밀리아와 그렉이 화들짝 놀랐다.

"뭐, 뭐야! 왜 그래, 아티샤?"

"그 아이를 트럭에 두고 왔어요."

"그 아이?"

"비상식량 말이에요."

밀리아가 눈썹을 찡그렸다.

"고작 그거 때문에 경기를 일으킨 거야?"

"그래도……."

"운이 좋다면 살았을 테고, 아니라면 이름처럼 되겠지. 그래도 그 녀석, 똥개치고는 운이 억세게 좋으니 괜찮을 거야."

"그렇다면 다행일 텐데요."

"전방에 적이다."

그렉의 말에 두 여인은 앞을 주시했다. 건물 사이의 골목이 끝나는 위치에 사람 하나가 서 있었다. 역광으로 인해 얼굴이나 인상착의는 확인하기 어려웠다.

"적시운 님…… 은 아닌 것 같죠?"

"적이다. 희미한 살기가 느껴진다."

"시타델 요원일까요?"

"그건 모르겠군."

"요원이면 어떻고 아니면 어때? 어쨌든 뚫고 가야 한다는 건 똑같잖아?"

밀리아가 속도를 높여 선두에서 질주했다. 스스로 방패 겸 탄환이 되겠다는 생각.

그렉이 컨버팅 능력을 발현해 그녀의 클레이모어를 경화시켰다. 아티샤 또한 지원 사격을 할 태세를 갖췄다.

그때 역광이 사라지며 상대방의 얼굴이 드러났다.

순간 그렉의 낯빛이 창백해졌다.

“설마……!”

꽈르르릉!

뇌전이 세 사람 사이로 몰아쳤다. 인간의 역량으로는 결코 피할 수 없는 섬전. 고압 전류가 세 사람의 몸을 철저히 부숴 놓았다.

쉬이이이.

새카맣게 타버린 세 사람의 몸이 그대로 고꾸라졌다.

매카시는 싸늘한 눈으로 그 모습을 내려다봤다.

아지트를 1㎞가량 남겨놓은 위치에서도 전투의 흔적을 감지할 수 있었다. 솟아오르고 있는 시커먼 연기 때문만은 아니었다.

“아직 싸우고 있는 걸까?”

헨리에타의 음성엔 확신이 없었다. 차라리 그랬으면 좋겠다는 소망만이 있을 뿐.

적시운은 기감을 통해 알 수 있었다. 전투는 끝났으며 세 사람의 기척은 느껴지지 않았다. 사실 세 사람뿐 아니라 인간의 기척 자체가 없었다. 매복이 있을 가능성도 약간은 존재했지만 상관없었다.

"부숴 버리면 그만이지."

적시운은 아지트를 향해 걸음을 옮겼다.

4

"과연 매카시 님이십니다. 귀찮은 날파리 같은 놈들을 단번에 제압하셨군요!"

"호들갑 떨지 마라, 타이터스."

"예, 옙."

매카시는 병사들 사이로 뚜벅뚜벅 걸어왔다. 세 사람의 몸이 허공에 들린 채 그 뒤를 따랐다. 철사로 몸을 묶은 후 자기장으로 들어 올린 것이었다.

세 사람의 몸은 새카맣게 타버렸지만 이따금 움찔거리는 걸로 보아 죽지는 않은 듯했다.

"미끼 역할을 할 놈들조차 제대로 제압하지 못했군."

매카시의 음성은 무미건조했다. 감정이 실리지 않은 듯한 목소리였으나 타이터스는 그가 잔뜩 화가 나 있다는 걸 감지했다.

"죄, 죄송합니다. 다만 말씀드릴 게…… 올리버의 비협조만 아니었다면 손쉽게 놈들을 제압했을 것입니다."

"변명하는 건가?"

"그, 그럴 리가 있겠습니까?"

움찔하여 말을 더듬는 타이터스.

매카시는 감정 없는 눈으로 올리버를 돌아봤다.

"비협조라는 게 무슨 얘기인지 설명해 봐라."

"대화를 통해 저들의 투항을 받아내려 했으나 타이터스가 방해했습니다."

"방해라고? 방해는 오히려 네놈이 하지 않았나!"

"닥쳐라, 타이터스."

매카시의 한마디에 타이터스가 입을 꾹 다물었다. 일말의 불만조차 내색하지 않은 채.

매카시는 재차 올리버를 돌아봤다.

"내가 제때 도착했기에 망정이지, 자칫하면 놈들을 놓칠 뻔했다. 그 점은 인정하겠지?"

"예."

"……이번 일은 일단 나중에 얘기하지. 지금은 이곳을 정리하고 놈들을 옮기는 게 우선이다."

"이곳에 매복을 남겨두시겠습니까?"

"의미 없다. 요원 넷을 삽시간에 해치운 놈이야. 일반 병사들만으로는 대적할 수 없을 것이다. 게다가……."

매카시의 두 눈에서 살기가 번뜩였다.

"기왕 놈을 불러들일 거라면 홈그라운드가 좋겠지."

"그렇다면 이곳을 정리할 병력만 남겨두고 철수하겠습니다."

매카시는 고개를 끄덕였다.

타이터스가 뭔가 말하려는 듯 입을 옴쭉거렸으나 매카시의 태도가 워낙 서슬 퍼런지라 관두었다.

"타이터스."

"예, 예!"

"저것들을 치료해라. 미끼 역할을 하려면 일단은 숨이 붙어 있어야 할 테니."

"알겠습니다."

매카시는 주변을 한차례 둘러봤다. 벌집이 된 아지트와 트럭의 모습이 꽤나 을씨년스러웠다.

"대강 조사한 후에 죄다 태워 버리도록."

적시운이 도착한 것은 요원들과 병사들이 떠나고 얼마 지나지 않았을 때였다.

시커먼 연기는 아지트에서 흘러나오고 있었다. 정확히는

한때 아지트 건물이었던 잿더미에서.

트럭은 다행히 전소되지 않았다. 하지만 짐칸에 있던 물건들은 대부분 사라진 뒤였다. 놈들이 가져간 게 확실했다. 세 사람 또한 마찬가지일 터였고.

"너무나도 안이했어."

헨리에타가 피가 나도록 입술을 깨물었다.

"우리도 당신처럼 위장 신분을 만들었어야 했어. 그래야 놈들의 추적을 피할 수 있었을 텐데……."

"그래도 추적당하는 건 시간문제였을 거야. 너희 인상착의는 내 이상으로 특이하니까."

적시운은 잿더미가 된 아지트를 둘러봤다. 남은 것은 없었다. 무기는 물론 물자까지도 놈들이 싹 가져간 모양이었다.

"세 사람이 어디로 끌려갔을지 짐작 가는 데는 있어?"

"당장 생각나는 곳은 하나뿐이야. 오스카 백작의 아성인 스트롱홀드."

행정 구역 내에서라면 어디서든 육안으로 확인 가능한 초고층 빌딩. 에메랄드 시타델의 심장이나 다름없는 곳이었다.

"만약 세 사람이 그곳으로 끌려간 거라면…… 구출 가능성은 솔직히 희박하다고 생각해. 시타델 내의 그 어느 곳보다도 엄중한 경계가 펼쳐져 있을 테니까."

"꼭 포기해야 한다는 소리처럼 들리는데."

"그 반대야."

헨리에타는 간절한 눈으로 적시운을 바라봤다.

"설령 그렇다 하더라도…… 그들을 구해주기를 부탁할게. 당신의 성격이 어떤지 잘 알긴 하지만 이렇게 간청할게. 제발……."

"그럴 필요 없어."

적시운은 어깨를 으쓱했다.

"엄밀히 따지면 내가 시작한 싸움이야. 너희는 거기에 휘말린 셈이고."

"그럼……."

"내게 그 세 사람을 구해야 할 의무가 있는 건 아니지만 놈들과 싸우는 김에 셋을 구하지 못할 이유도 없지."

헨리에타의 얼굴이 약간이지만 밝아졌다.

"정말로…… 시타델과 전쟁을 벌일 생각이구나."

"이미 놈들이 나를 타깃으로 잡았으니까. 이제 와서 다른 도시로 내빼 봐야 제국 데이터베이스 안에 내 정보가 남게 될 테지."

국가 규모의 수배령이 떨어질 경우 안전을 도모하는 것은 불가능에 가깝다. 광역 네트워크를 통해 북미 대륙 전체에 정보가 퍼져 버리는 까닭이다. 결국 도망치는 것은 결코 정답이 될 수 없었다.

“그렇다면 차라리 정면으로 치고 나가는 게 낫겠지.”

방법은 하나뿐. 이 모든 상황을 총괄하는 존재를 제압하는 것이었다.

“그렇다면 조로아스터를……?”

“그래, 놈을 제압할 거다.”

심드렁하게까지 느껴지는 대답. 다른 사람이 이런 소릴 한다면 미친놈의 허언 정도로 취급했을 것이다.

‘하지만…….’

적시운이라면, 이 남자라면 어쩌면 가능할지도 모른다.

헨리에타는 그렇게 생각했다.

사실 이제 와서 다른 길이 있는 것도 아니었다. 그녀로선 모가 됐든 도가 됐든 적시운을 믿을 수밖에 없었다.

“알겠어. 그렇다면 나도 최선을 다해 돕겠어. 그러니까 필요 없다는 말만은 하지 말아줘.”

“어떻게 알았어? 지금 필요 없다고 말하려 했는데.”

“…….”

“농담이야.”

“당신이란 사람은 이런 순간에도 농담이 나오나 보네.”

“지레 겁먹고 끙끙대는 것보단 낫잖아?”

예전이었다면 이런 여유를 부리지도 못했을 것이다.

확실히 천마신공을 전수받은 이후 육체뿐만 아니라 정신

적으로도 크게 성장했다는 게 느껴졌다. 보다 담대해졌다고나 할까. 예전이라면 격한 긴장에 패닉 상태를 일으켰을 상황에도 평정심을 유지하는 게 가능해졌다.

지금도 크게 다르지 않았다. 자칫하면 대륙 전체를 적으로 돌릴 수 있는 상황인데도 이상하게도 마음은 평온했다.

"우선은 작센에게 가 봐야겠어. 이런 것만 가지고 싸우기엔 허전하니."

전기톱을 들어 올리는 적시운.

헨리에타는 헛웃음이 나올 것 같았다.

"한데 그쪽에도 시타델의 마수가 뻗치지는 않았을까?"

"가서 확인해 보면 알겠지. 그건 그렇고……."

문득 손을 뻗는 적시운. 이윽고 트럭에서 얼마 떨어지지 않은 위치에서 무언가가 나타났다. 허공에 둥둥 떠서 날아오는, 네 다리를 버둥거리는 낯익은 털북숭이.

"무사했구나!"

염동력에 실려 날아온 비상식량을 헨리에타가 받아 들었다. 그 난리를 바로 옆에서 겪었을 텐데도 비상식량은 태평한 표정이었다.

"혼자서 저기에 숨은 걸까?"

"셋 중 한 사람이 싸우는 와중에 숨겨두었겠지. 그나저나 정말 태평하기 짝이 없는 놈일세."

자기 얘기를 한다는 걸 아는지 모르는지, 비상식량은 입을 쩍 벌려 하품만 할 따름이었다.

“어쨌든 바로 이동하지.”

“응.”

두 사람은 곧장 암흑가로 향했다.

작센의 가게, 번스타인 바는 평소처럼 영업 중이었다.

안으로 들어서니 익숙한 얼굴이 눈에 띄었다.

“금방 다시 만나는군요.”

여느 때처럼 바텐더 복장을 갖춘 흑발의 미녀, 클라리스가 씁쓸한 미소를 지어 보였다.

“동료들의 일은 유감이에요.”

“작센은?”

“지하에서 물건을 정리 중이세요. 오늘 중으로 당신이 찾아올 거라고 예상하셨거든요.”

“……그 세 사람에 대한 정보는 해킹을 통해 알아낸 모양이지?”

“네, 다만 좀 미심쩍은 게…… 마치 정보를 캐 가라고 대놓고 던져 준 느낌이었어요.”

"알아낸 정보가 더 있다는 것처럼 들리는데."

"알아냈다기보단 저쪽에서 알려줬다고 표현하는 게 더 어울릴 정도예요. 세 사람이 끌려간 위치와 처형 집행일이 노골적으로 기재되어 있었거든요."

"처형 집행일?"

"네, 그때까지 나타나지 않으면 죽이겠다는 경고겠죠."

"그래서 그게 언젠데?"

"사흘 뒤예요."

"위치는?"

"일단 제 질문에 먼저 대답해 주세요. 위치를 알려드리면 어떻게 할 생각이시죠?"

"초대를 받았으니 응해줘야지."

"역시 그렇게 대답하시는군요."

"대답에 뭐 문제라도 있나요?"

헨리에타가 끼어들었다. 클라리스는 그녀의 얼굴을 확인하고는 나직이 탄성을 뱉었다.

"헨리에타 테일러 양이시군요. 아뇨, 문제가 있는 건 아니에요. 다만…… 매카시가 택한 장소가 예상외라는 게 마음에 걸려요."

"스트롱홀드가 아니란 말인가요?"

"저도 그렇게 생각했었는데, 아니더군요."

"그럼 어딘데?"

적시운의 질문. 클라리스는 잠시 주저하다가 대답했다.

"매카시가 정한 장소는 하수처리장이에요."

"하수처리장?"

"네, 그 근처에서 저와 적시운 님이 만났었죠."

그리고 클라리스의 동료들은 그곳에서 요원 네 명에게 전멸당했다. 곧바로 적시운이 앙갚음을 해주었고.

"왜 스트롱홀드가 아닌 그곳을 택했을까?"

헨리에타가 이해할 수 없다는 듯 중얼거렸다.

"한 가지 추측 가는 바가 있긴 해요."

"그게 뭐지?"

"매카시와 조로아스터의 뜻이 상충하고 있을지도 모른다는 점이에요."

"두 사람의 뜻이 맞지 않는다고?"

"네, 제가 지금까지 캐낸 정보에 의하면 조로아스터에겐 당신을 죽일 생각이 없어요. 그는 오히려 당신을 회유하려는 마음을 품고 있어요."

"나를 부하로 들이려 한다고?"

"네, 매카시의 뜻과 충돌하는 부분이 바로 여기예요."

"놈은 나를 죽이고 싶어 하니까."

"정확해요."

한 가지 시나리오가 적시운의 머릿속에서 그려졌다.

스트롱홀드를 기지로 삼을 경우엔 보다 수월하게 적시운을 상대할 수 있다. 하지만 그 경우엔 조로아스터의 눈길을 피할 길이 없다. 스트롱홀드 내부에 설치된 CCTV만 수백 대에 이를 테니. 사방에 감시자가 있는 거나 다름없는 여건. 매카시로서는 적시운을 생포해야만 하는 상황에 놓이는 것이다.

적당히 사고로 위장해 죽인다거나 하는 방식이 통할 리 없었다. 고의와 사고를 분간하지 못할 만큼 조로아스터가 멍청하진 않을 테니.

'그렇다면 답은 하나.'

조로아스터의 눈길이 닿지 않는 곳에서 적시운을 해치운다.

이 경우엔 매카시의 부담이 한결 줄어든다. 적시운을 죽인다 해도 조로아스터가 직접 본 것이 아닌 이상 얼마든지 상황을 날조할 수도 있을 터였다.

더불어 조로아스터, 혹은 오스카 백작이 위험에 노출될 가능성 또한 미연에 차단할 수 있었다.

"근데 왜 하필 하수처리장이죠?"

"잘 구축된 방어 시스템이 존재하니까요."

하층민 구역 내에서 가장 중요한 지점이나 다름없는 곳.

그렇다 보니 하수처리장 내부 및 외부엔 대규모의 방어 시스템이 갖춰져 있었다.

"매카시는 그걸 이용하려는 생각이에요."

스트롱홀드와는 다른 의미로 까다로운 장소. 필시 수비 병력 또한 적지 않을 터였다.

그렇다고 꽁무니를 뺄 생각 따위는 없었지만.

"만약 저희의 도움이 필요하시다면 얼마든지 도와드릴 수 있어요."

클라리스가 결의 어린 얼굴로 말했다. 헨리에타는 받아들이라는 시선을 적시운에게 보냈다. 정작 적시운은 시큰둥했지만.

"글쎄. 일단은 작센과 먼저 얘기를 나누고 싶은데."

"……역시 못 미더운 모양이시군요."

"그래."

가차 없는 대답에 클라리스는 쓴웃음을 지었다.

"조금만 기다리세요. 바로 아저씨를 불러올게요."

5

"뭔가 주문할 게 있소?"

사무적인 태도로 묻는 작센. 여느 때와 마찬가지로 일체의 감정이 드러나지 않는 얼굴이었다.

적시운이 뭘 주문할지 뻔히 알면서도 구태여 물어보는 것 또한 작센다웠다.

"무기가 필요해. 원래 가지고 있던 건 죄다 도둑맞았거든."

"꽤나 담 큰 도둑인 모양이로군."

"그렇더라고. 해서 지금 잡으러 갈 생각이야."

"대금은 평소처럼 계좌에서 지불하시겠소?"

"그래야겠지? 현금은 거의 가지고 있지 않으니. 그나저나 내 계좌는 무사해?"

위장 신분을 만들 때 함께 개설한 온라인 계좌. 기실 적시운의 재산 대부분은 그 안에 예금되어 있었다.

"아직 계좌까지 추적당하진 않았어요. 추적하려 해도 그리 쉽지는 않을 테고요. 그러니 걱정하지 않으셔도 될 거예요."

클라리스가 대신 설명했다.

물끄러미 적시운을 응시하던 작센이 말했다.

"대량 구매의 냄새가 풍기는군."

"간만에 돈지랄 좀 해보려고."

"하면 무기를 옮길 차량까지 구매하시는 게 어떻겠소?"

"그러지. 안 그래도 원래 쓰던 트럭은 폐차 직전이라."

"그렇다면 패키지 상품을 권하고 싶소만."

"패키지 상품?"

"다양한 병장기가 적재된 차량을 특별가에 판매하고 있소. 귀하의 취향에 맞춰 특별히 준비한 물건이지."

적시운은 피식 웃었다.

"준비성이 철저한걸."

"경쟁 사회에서 앞서 나가기 위해선 당연한 것 아니겠소?"

"좋아, 그걸 구매하지."

"대금 청구는 평소처럼 하시겠소?"

"그래, 계좌에서 까."

"그러리다."

작센이 클라리스에게 눈짓했다. 클라리스는 바의 뒷문을 열었다.

"따라오세요."

"……."

밀리아는 몽롱한 의식 속에서 눈동자를 굴렸다. 흐릿한 시야 속에 부산히 움직이는 인영들이 보였다. 뒤척여 보려 했으나 몸이 말을 듣지 않았다. 더불어 칼로 온몸을 난자하는 듯한 격통이 찾아왔다.

'크……!'

비명조차 흘러나오지 않았다. 그래도 의식은 확실히 되돌아왔다. 더불어 기절하기 전의 상황이 떠올랐다.

달아나던 세 사람을 막아선 사내. 그의 손아귀에서 뿜어져 나오던 전광.

'뇌전술사!'

속칭 미친개 매카시, 놈이 분명했다.

일종의 체인 라이트닝은 밀리아의 몸을 가볍게 관통했다. 저항 따윈 무의미한 일격에 밀리아는 삽시간에 무력화됐다.

'두, 두 사람은……?'

그렉과 아티샤는 보이지 않았다. 다른 방향도 바라보고 싶었지만 고개를 돌리는 것조차 불가능했다.

버서커인 그녀가 이만큼 망가졌을 정도의 전격. 두 사람이 직격당했다면 성할 리는 없었다. 그나마 다행이라면 그녀가 직격당했다는 점일까. 그녀의 몸이 전격 대미지를 최대한 흡수했기를 바랄 수밖에 없었다.

"이년, 깨어난 모양인데?"

누군가 밀리아의 머리끄덩이를 잡아 올렸다. 찐빵 같은 인상의 백인 요원이었다. 컥 하는 신음이 자기도 모르게 흘러나왔다.

"그 전격을 맞고도 벌써 깨어나다니. 맷집 하나는 죽여주는군. 과연 버서커야."

"어디 묶어놓기라도 해야 하는 것 아냐? 이러다 회복해서 덤비기도 하면 귀찮아지는데."

"헤, 어느 세월에? 지금도 눈만 겨우 뜬 수준인데. 정신이나 제대로 차리고 있을지 의문이군."

"하긴 몸 절반이 스테이크 신세가 됐으니."

백인 요원이 밀리아의 뺨을 찰싹 때렸다.

"어이, 버서커. 정신이 드나?"

"아…… 아으."

욕설을 내뱉고 싶었지만 일그러진 신음성만 흘러나왔다.

요원들이 푸핫 하고 웃음을 터뜨렸다.

"무서워 죽겠군. 꿈에 나올까 두려운걸."

"어이, 장난들 그만 치고 이리 와서 순찰이나 돌아."

"좀 전에 돌고 왔는데 또 가라고?"

"엄중히 경계하라던 매카시 영감의 지시가 있었다."

"흥, 놈들이 정신 나가지 않고서야 벌써부터 쳐들어오겠어? 최대한 준비를 갖춰서 올 게 뻔한데 지금부터 힘을 빼서 어쩌자는 거야?"

"그럼 영감한테 가서 직접 말하든가."

"쳇."

가래침을 탁 뱉은 요원이 밀리아의 머리채를 놓았다. 바닥에 얼굴을 부딪힌 밀리아가 침음을 흘렸다.

"나가기 전에 놈들에게 회복제를 주사하도록 해."

"이년이 정신이라도 차리면 어쩌려고?"

"버서커는 내버려 두고 나머지 둘한테만 주사해. 이대로 두면 1시간도 못 가 죽을 거다."

"그럼 죽으라지 뭐. 어차피 그놈은 이것들이 살았는지 죽었는지조차 모를 텐데."

"위에서 명령이 내려온 모양이다. 미끼들을 죽여선 안 된다고. 게다가 굳이 명령 때문이 아니더라도 죽게 내버려 뒀다간 올리버가 지랄해 댈 거다."

퉤.

두 번째 가래침이 밀리아의 머리 위로 떨어졌다.

"빌어먹을 고릴라 놈. 제깟 게 무슨 성인군자라도 되는 줄 알아."

"입조심하는 게 좋을걸. 그놈이 어디서 듣고 있을지도 모르니."

"고릴라가 청력이 좋던가?"

"모르지. 그래도 짐승이니 인간보단 낫지 않겠어?"

"크크크. 그건 그렇군."

요원들이 두런두런 대화하며 방을 빠져나갔다.

밀리아는 희미해져 가는 의식 속에서 생각했다.

'얼굴…… 기억해 뒀어.'

"쯧."

모니터를 응시하던 조로아스터가 혀를 찼다. 매카시의 보고서였다. 적시운을 유인하기 위한 미끼로 써먹을 사람 셋을 포획했다는 것이 골자. 용납의 경계선에 아슬아슬하게 걸쳐 있는 듯한 내용이었다.

미끼로 쓰이게 될 그들 셋은 케르베로스 길드의 일원. 탈퇴했다고는 하지만 아직 사무 처리가 되진 않은 상태였다. 세인트 로드의 케르베로스 길드 측에서 탈퇴 처분을 미루고 있었기 때문이다.

쉽게 말해 사표는 냈지만 수리되진 않은 상황. 후작가나 길드 수뇌부가 아직 미련을 갖고 있다는 뜻이었다.

'그렇다는 것은…….'

경우에 따라 라트린 후작가의 심기를 거스를 수도 있다는 의미. 만약 그렇게 되면 여러모로 귀찮아질 우려가 있었다.

하여 명령을 내려두긴 했다. 미끼들을 절대 죽지 않게 하라고. 매카시도 요원들도 제정신인 이상은 명령을 무시하지 않을 터였다.

진짜 문제는 따로 있었다.

"매카시…… 적시운을 죽일 생각이냐."

적시운을 유인할 자리로 매카시는 하수처리장을 선택했다.

사실 스트롱홀드를 전장으로 택하는 건 조로아스터부터가 용납하지 않았을 것이다.

스트롱홀드는 어디까지나 오스카 백작의 아성. 최후의 보루로 남겨놓아야 할 공간이다. 어떤 이유에서든 전투가 벌어지는 것은 용인할 수가 없었다.

그런 면에서 스트롱홀드를 택하지 않은 것은 올바른 선택이긴 했다. 하지만 그 대신으로 택한 게 하수처리장이라는 건 고개가 갸웃거려질 일이었다.

"다른 장소도 충분히 가능할 터인데."

하층민 구역에 있으며, 그렇기에 조로아스터의 감시가 약해질 수밖에 없는 하수처리장을 택했다. 별다른 의미가 없는 선택이라면 모르되, 만약 조로아스터의 뜻을 거스르려는 것이라면 얘기가 복잡해진다.

"흠."

조로아스터는 고민했다. 매카시에게 장소를 바꿀 것을 종용하느냐, 아니면 알아서 잘 하게끔 내버려 두느냐.

매카시가 적시운에게 적의를 품었다는 것쯤은 잘 알고 있었다. 그 적의가 가히 살의나 증오에 가까운 악감정이라는 것도.

"최고 요원의 자존심을 부숴놓았다는 것이지."

그렇기에 적시운이 탐나는 것이었고, 그렇기에 매카시의 심정도 이해가 되었다.

사실 어렵게 생각할 것은 없었다. 어차피 물과 기름처럼 섞이지 못할 사이라면 승리하는 한쪽만 취하는 편이 나을 테니.

하지만 그 경우엔 적시운 쪽이 너무나도 불리했다. 매카시는 현재 시타델 특무요원의 반 이상인 30명을 대동하고 있었으니까. 더불어 자동화기로 무장한 병력이 200명 이상. 거기에 하수처리장 방어 시설의 통제권까지 지니고 있었다.

이 정도면 A랭크 마수라도 무리 없이 해치울 수준.

단 한 명의 인간이, 다소간의 지원을 받는다고 쳐도 감당할 수 있는 규모가 아니었다.

"아쉽지만 어쩔 수 없는 건가."

차라리 이렇게 되는 편이 나을지도 몰랐다. 토마호크 클랜을 전멸시킨 것은 물론 1등 시민증을 주었음에도 자취를 감춰 버렸던 적시운이다. 그런 그가 크든 작든 위험 요소라는 점에는 이견의 여지가 없었다.

"라트린 후작가와의 관계가 껄끄러워지겠지만…… 차라리 여기서 깔끔하게 후환의 싹을 제거하는 편이 나을지도 모른다."

조로아스터는 결정을 내렸다. 우선은 매카시가 뜻대로 행동하게끔 내버려 두기로.

그는 에메랄드 시타델의 경영자. 적시운을 제외하고도 신경 써야 할 요소가 넘쳐 났다.

"놈을 처리하고 난 다음은 해충 제거로군."

아직까지도 살아서 꿈틀대고 있는 저항군의 잔당. 시간을 두어 확실히 섬멸할 생각이었지만 지금 한번 밟아줘야 할 것 같기도 했다. 적시운을 처리한 다음이라면 타이밍이 꽤나 괜찮을 듯했다.

작센이 준비해 둔 트럭은 적시운이 원래 몰던 것보다 견고했다. 아마도 군용으로 쓰였을 듯한 모델. 검은색 코팅이 제법 멋들어지게 어울렸다.

"무기는 짐칸에 있어요."

"와."

짐칸을 확인한 헨리에타가 탄성을 뱉었다. 가히 전쟁이라도 치를 수 있을 법한 양의 병기들이 적재되어 있었던 것이다.

"이거 다 사려면 돈 좀 깨지겠는데. 내 계좌로 해결이 되려나 모르겠어."

"그 점은 걱정하지 마세요. 대금은 제가 지불할 거니까요."

"네가?"

"그래요."

적시운이 물끄러미 바라보자 클라리스가 얼굴을 살짝 붉혔다.

"목숨값치고는 이 정도면 싼 거죠. 게다가…… 이 싸움은 저희들 레지스탕스에게 있어서도 중요한 일전이니까요."

"너희도 끼어들 셈이야?"

"총알받이 정도는 할 수 있지 않겠어요?"

클라리스의 반문에 적시운은 혀를 찼다.

"위험에 빠져도 저번처럼 구해줄 거라고 생각하는 거라면 꿈 깨."

"그 정도로 멍청하진 않아요. 제 목숨은 제 스스로 건사할 거고요. 만약 그러는 데 실패하더라도…… 기꺼이 목숨을 바칠 수 있어요."

"그 정도로 시타델 정부가 증오스러운 건가?"

클라리스는 고개를 끄덕였다.

"시타델 인구의 8할이 하층민이에요. 일반 시민과 귀족의 숫자는 다 해봐야 5만 명이 채 되지 않아요. 나머지 25만 명이 그들을 떠받침으로써 도시가 유지되고 있죠."

"노동력을 착취당하는 것 같진 않던데."

"차라리 착취를 당하는 편이 나을지도 몰라요. 그건 최소한 하층민을 노예로라도 취급한다는 의미니까요."

대대적인 기술 발전과 자동화 혁명으로 인해 인간의 노동력조차 더 이상 귀하지 않게 되었다.

그런 가운데 하층민들이 도시의 북부로 내몰린 이유는 하나뿐이었다.

"마수들로부터 도시를 방어하기 위해서……."

"방어라는 표현조차 지나치게 고상하다고 말하고 싶군요, 헨리에타 양."

클라리스는 자조적인 미소를 지었다.

"마수들에게 던져 줄 식량. 그게 바로 하층민에 대한 시타델 수뇌부의 생각이에요. 배가 부르다면 도시 내부까지 침범하려 들진 않을 테니까요."

"……."

헨리에타는 커럽티드 울프 사냥 당시를 떠올렸다.

늑대들이 백화점을 거점으로 삼은 이유는 간단했다.

'먹잇감이 있었기에.'

하층민 구역이 마수들의 서식처가 된 이유 역시 간단하다. 굶주린 배를 채울 수단이 그곳에 있기 때문이다.

'무려 25만에 이르는 개체가.'

6

블랙 링의 등장으로 인해 세계는 송두리째 뒤집혔다. 원자력이 도태된 대신 이온 에너지가 대두되었고 마수들은 인류의 천적인 동시에 먹잇감이 되었다.

한정된 자원, 제국 시대의 도래.

유능하거나 고귀한 자는 한층 호화로운 삶을 살게 된 대신 평범하거나 선택받지 못한 자들은 지옥으로 내몰렸다.

그리고 어느 시대에나 그렇듯 그 숫자는 후자가 압도적으로 많았다.

"지배층에게 있어 하층민들은 연료나 다름없어요. 마수들을 살찌워 코어를 비롯한 각종 자원을 얻어내기 위한."

클라리스의 얼굴에 진득한 혐오감이 드러났다.

"여러분이 봐왔던 시타델의 부귀는 그들의 피와 살로 쌓아 올린 거예요."

"그래서 기존의 체제를 뒤집으려 하고 있는 거군요."

"언제까지고 마수의 식량 대용으로 살아갈 순 없으니까요. 후손들에게 그런 미래를 남겨줘선 안 되지 않겠어요?"

"김은혜와 같은 방식을 택해도 될 텐데."

무기들을 점검하던 적시운이 말했다.

"만약 너희의 반란이 성공한다고 해도 최대한 좋게 봐줘야

공멸할 가능성이 높아. 네 말마따나 시타델의 부귀영화는 그것을 조금이나마 누리는 인구가 5만 명밖에 되지 않기에 가능한 일이니까."

신서울 지하 도시 또한 그러했다.

모태가 된 서울의 인구에 20분의 1에 불과한 50만 명의 인구. 행정부는 그 이상으로 인구를 늘리지 않고자 갖은 노력을 쏟아부었다. 누리는 자가 많아지면 공동체 자체가 붕괴한다는 논리에서였다.

50만이 하루 3끼씩 소화하는 식량도 100만 명이 소비하게 되면 하루 2끼를 먹기가 버거워진다. 그 이상이 된다면 하루 1끼를 먹는 것조차 어려워지게 되고.

때문에 대한민국 행정부는 선택된 소수 인원을 제외한 이들의 지하 도시 입성을 막았다. 냉혹한 처사임을 알면서도 도시의 구성원들은 입을 다물었다. 어설픈 인도주의로 인해 사이좋게 공멸하는 것보단 일단 자신들이라도 살아남는 편이 낫다고 생각했기에.

"너희의 목적은 저 바깥의 25만 명을 도시 안으로 들이는 거겠지. 하지만 정작 그렇게 된다면 너희가 얻고자 하던 게 송두리째 사라져 버릴걸."

가장 희망적인 경우라 해도 도시의 붕괴는 피할 수 없을 터. 더군다나 마수뿐 아니라 제국의 행정부 또한 적으로 돌리게 될 가능성이 높았다.

아마도 김은혜는 그 사실을 알았기에 피난민들을 이끌고서 도시를 떠났던 것이리라.

"그렇다고 해서……."

클라리스는 굳은 표정으로 대꾸했다.

"마수의 먹잇감에 불과한 운명을 받아들이라고 할 수는 없는 거잖아요?"

"……."

"싸우게 되면 사이좋게 죽을 운명이니 그냥 너희들만 죽음으로써 저들을 살려라. 그런 운명을 좋다고 받아들일 사람이 누가 있겠어요?"

"그건 그렇지."

적시운은 어깨를 으쓱했다. 말은 이렇게 했지만 자신이 저들과 같은 입장이라면 똑같이 행동했을 터였다.

"너를 설득할 생각으로 한 말은 아냐. 그저 뒷일에 대한 대책은 있나 궁금했을 뿐."

"대책은 나름대로 세워뒀어요. 그것도 반란이 성공했을 때나 통할 얘기지만요."

"그건 그렇군."

적시운은 탄약 상자를 탁 소리가 나게 닫았다.

"미리 말해두지만 난 너희 일에 얽히고 싶지 않아. 반란을

성공시키든 도시를 말아먹든 알아서 하도록 해. 다만 나까지 엮으려 들 생각은 마. 날 방해할 생각도 말고."

"……알겠어요."

"가자."

적시운이 헨리에타를 돌아보며 말했다.

두 사람이 앞자리에 오른 후 곧바로 트럭이 출발했다. 그 뒷모습을 바라보던 클라리스 또한 몸을 돌렸다.

하층민 구역으로 진입하는 입구는 총 4군데. 각각의 출입구엔 검문소가 설치되어 있다.

도시로 들어올 때의 검문은 철저하다. 하층민의 경우엔 아예 도시 입성 자체가 불가능. 다소간의 뇌물을 먹인다면 모르겠으나 그 경우 또한 쉬운 편은 아니었다.

반면 나갈 때의 검문은 간략한 편. 도시 안에 있다는 건 이미 검증되었다는 의미이기 때문이다.

그러나 오늘만큼은 나갈 때의 검문 또한 철저하기 그지없을 듯했다.

아예 검문소에 배치된 병력부터가 평소의 배 이상. 대놓고 적시운을 노리고 있노라고 광고하는 꼴이었다.

"어떻게 할 거야?"

검문소를 300m 앞둔 위치. 헨리에타의 물음에 적시운은 액셀에 발을 얹었다.

"뚫고 가야지."

"알겠어."

헨리에타가 조수석 문을 열고 상체를 내밀었다. 의자를 발판 삼아 저격 소총을 문짝 위에 얹고는 전방을 겨냥하는 그녀. 차체가 흔들리는 와중에도 흐트러짐이 없었다.

심상찮은 분위기를 느낀 시타델 수비군이 무기를 들어 올렸을 때.

타앙!

허공을 뚫고 날아간 탄환이 수비군의 어깨를 뚫었다.

"컥!"

탕! 탕!

단말마의 비명이 채 끝나기도 전에 잇따른 탄환이 병사들을 관통했다. 무혼흡을 펼친 적시운마저 능가하는 정확도. 이능력 하나 없는 그녀를 케르베로스 길드의 요직에까지 오르게 한 요인이었다.

헨리에타의 시야에 들어온 병사 전원이 무력화됐다.

트럭은 이제 검문소를 지나치기 직전. 그때 조금 떨어진 위치에서 대기 중이던 기간틱 아머들이 몰려왔다.

드르르륵!

아머의 양팔에 장착된 미니건이 불을 뿜었다. 적시운은 염동력으로 배리어를 쳐 탄환들을 막아냈다. 헨리에타는 곧장 트럭 안으로 몸을 들이밀고서 문을 닫았다.

"다음 계획은 뭐야?"

"이거."

대답하기가 무섭게 짐칸으로부터 대량의 수류탄이 튀어나왔다.

염동력에 이끌린 유탄들은 미니건의 화망을 교묘하게 피해선 기간틱 아머에게로 쇄도했다.

콰과과광!

지축을 흔드는 연쇄 폭발.

일반 수류탄을 가볍게 상회하는 위력에 기간틱 아머들이 걸레짝이 됐다.

"작센 영감이 힘 좀 썼나 본데."

쿠구구구.

폭염과 연기 속에서 기간틱 아머 한 기가 비척거리며 튀어나왔다. 후방에 있었기에 치명타를 피한 모양이었다.

"계속 쫓아오려나 본데?"

"귀찮게."

같은 방식으로 터뜨려 버리면 그만이지만 수류탄을 더 낭비하고 싶진 않았다.

"내가 처리할게."

적시운의 생각을 읽은 헨리에타가 말했다.

"어떻게 하려고?"

"맡겨만 둬."

재차 차 문을 연 헨리에타가 날렵한 몸놀림으로 트럭의 지붕으로 올라갔다.

지붕에는 회전이 가능한 총기 거치대가 존재했다.

거치되어 있는 총은 바렛 M109. 대물저격총이었다.

헨리에타는 곧바로 엎드려서 사격 자세를 취했다. 적시운이 최대한 트럭의 흔들림을 줄이려 하고 있었기에 자세를 잡는 건 그리 어렵지 않았다.

호흡을 낮추고 집중했다. 주기적인 차체의 흔들림에 몸을 맞췄다. 나머지는 방아쇠를 당기는 것뿐.

쾅!

트럭의 배기음마저 묻어버릴 듯한 굉음과 함께 50구경탄이 허공을 갈랐다.

콰직!

탄환은 정확히 기간틱 아머의 관절부를 파고들었다. 왼쪽 다리가 순간적으로 뒤틀리며 기간틱 아머가 허공에서 팽그르르 회전했다.

헨리에타는 회전 중인 몸체를 향해 두 번째 탄환을 곧바로 날렸다.

콰득!

탄환은 아머의 미간을 꿰뚫었다. 머리를 관통당한 기간틱 아머가 볼썽사납게 뒤로 널브러졌다.

"노리고 맞힌 거야?"

조수석으로 들어오는 헨리에타에게 적시운이 물었다.

"첫 번째는. 두 번째는 그냥 아무 데나 맞으라고 쏜 거였어."

"그런데 운 좋게 머리통을 맞혔다는 거군."

"운도 실력이야."

추격대를 떼어낸 트럭은 더 이상의 충돌 없이 하층민 구역으로 들어섰다. 남은 것은 하수처리장으로 향하는 것뿐이었다.

"한데…… 이대로 돌격해 들어갈 생각이야?"

"글쎄. 듣자 하니 방어 시설이 꽤나 견고하게 설치되어 있는 모양이던데."

"응, 아무래도 도시 내부의 위생과 직결되는 부분이니까. 사실 시타델뿐만 아니라 대부분의 도시도 비슷해."

"방어 수준은 어떤데?"

미네르바를 통해서 알아내려 해보았으나 시타델 측 보안을 뚫지 못했었다.

"나도 자세히는 몰라. 하지만……."

잠시 생각하던 헨리에타가 말했다.

"세인트 로드의 방어 시설에 대해 얼핏 들은 기억이 있어. 우리 길드의 최정예 파티가 셋 이상 있어야 뚫을 수 있을 거라 했어."

"파티 셋이라면 대충 10명 이상이란 소리네."

"10명에서 20명 사이라고 보면 될 거야."

거기에 특무요원들과 휘하 병력까지 더한다면 1개 공격대 이상의 전력이라는 결론이 도출된다.

이것도 매카시를 제외했을 때의 계산. 그를 포함한다면 얘기가 또 달라질 터였다.

'그렇더라도 정면돌파를 못 할 것은 없겠지만…….'

역시 주저하게 되는 것은 사실이었다. 이미 오소독스에서 A랭크 이능력자를 쓰러뜨려 본 적시운이었지만 그 경우는 어디까지나 운이 따른 결과였기 때문이다.

매카시는 세실리아와는 달랐다. 산전수전 다 겪은 베테랑인 데다 냉혹했다. 허점 많고 경험이 부족한 세실리아와는 완전히 반대라고 볼 수 있었다.

"일단 놈들의 전력을 직접 확인해 보는 게 어때? 시간은 아직 넉넉하니까……."

"그렇지 않아."

적시운이 딱 잘라 말했다.

"검문소 쪽에서 곧장 보고가 올라갈 테니까."

"아, 그러고 보니……."

헨리에타의 얼굴도 어두워졌다.

매카시는 적시운이 이렇게나 빨리 행동할 거라고는 예상하지 못했을 것이다. 그렇기에 1주일이라는 유예 기간을 제시한 것일 테고.

적시운은 그 허를 찔렀다. 그 효과를 최대한으로 보려면 매카시 측이 아직 모르는 지금 공격해 들어가야 했다.

"그냥 얌전히 통과하는 게 나았을까?"

"어차피 검문에서 걸렸을 거야. 나나 너나 얼굴이 팔릴 대로 팔린 입장이니."

"하긴."

방독면 같은 걸 쓰더라도 벗기면 그만.

오히려 얌전히 검문을 받았다면 전투하기가 보다 어려워졌을 것이다.

"놈들도 마찬가지일 테지."

"응?"

"이쪽 전력이 어느 정도인지는 매카시도 자세히 모를 거야. 나하고도 직접 부딪쳐 본 건 한 번뿐이니."

"그러려나……?"

"내가 직접 나선다는 확신이 없다면 놈도 직접 나서진 않을 거야. 자기 힘을 최대한 아끼려고 할 테니까."

적시운의 눈매가 가늘어졌다.

"그 점을 활용해야겠어."

"어떤 식으로?"

"끌어내는 거지. 마수들을 사냥하는 것처럼."

대체로 마수를 상대로 인간이 우위를 점하는 부분은 거리였다.

갖가지 총화기는 마수들이 감히 공격조차 생각하지 못할 거리에서 선제공격하는 것을 가능케 만들었다. 그 덕분에 이른바 유인 사냥이라는 게 가능했다. 다수의 적을 원거리에서만 타격하여 일부분씩을 유인해 각개격파하는 것이다.

"하지만 그게 인간들을 상대로도 통할까?"

"통할 거야. 저쪽도 우리에 대해서 아는 바가 전혀 없으니."

트럭의 속도가 줄어들었다. 하수처리장을 얼마 남겨두지 않은 지점이었다.

적시운은 기감을 통해 대략적인 주변 지형을 파악했다. 덕분에 대여섯 코너 떨어진 거리부터 무인 터렛이 즐비하다는 사실도 알아냈다.

'바탈리온 터렛(Battalion Trurret).'

일정 범위 내에 대대 규모로 퍼져 있는 터렛 무리.

이런 경우엔 대개 지휘관의 역할을 하는 중앙처리장치가 있게 마련이었다.

"역이용하기에 제격이란 소리지."

7

무인 터렛은 꽤나 단순한 구조로 이루어져 있다.

전후좌우로 회전 가능한 토대, 그 위에 얹힌 총신, 탄환을 쏘아내게끔 명령을 내리는 처리 장치.

이 3가지 정도가 터렛을 구성하는 요소였다.

덕분에 생산 단가도 기간틱 아머 등에 비하면 굉장히 싼 편이었다.

정밀 조준 따위는 불가능하다. 고도의 기술을 집약시킨 고급품이라면 또 모르겠지만, 그 정도의 기술을 터렛 따위에 소모하는 멍청이는 없었다.

때문에 무인 터렛에 대한 기대 심리는 대체로 하나로 집약되었다.

목표한 방향에 적당한 화망을 구축하는 것.

때문에 터렛에 쓰이는 건 대개 헤비 머신 건, 즉 중기관총이었다. 값싼 탄약을 대량으로 쏟아부으면 정밀 조준을 하지 않고도 비슷한 효과를 낼 수 있는 것이다.

깔끔하게 미간만 관통당하든 벌집이 되어 너덜너덜해지든 죽는다는 점에선 동일하니까.

바탈리온 터렛 또한 그러한 목적의식의 연장선상에 있었다.

화망을 구축하다 못해 일대를 쑥대밭으로 만들 수 있을 정도의 대량 터렛. 이를 적당히 총괄할 수만 있으면 되는 중앙처리장치.

그 정도의 준비품만으로 일개 대대 이상의 화력을 갖출 수 있었었다.

게다가 인간 병사와 달리 터렛들은 총알 한두 방 맞는다해서 엄살을 부리지 않았다. 다수의 적 앞에서 겁을 먹고 달아나지도 않았다. 유지비용 또한 거의 없다시피 한 수준. 이따금씩 점검만 해주면 그만이었던 것이다.

그런 면에서 보면 무인 터렛은 블랙 링 이후의 현대전의 또 다른 상징과도 같았다. 일반 병사를 대체하게 된 자동화 병기라는 이름의 상징 말이다.

"어쨌든 그 녀석들을 뚫고 가야 한다는 거네."

5층 높이의 폐건물.

창가에 기대고 있던 헨리에타가 쌍안경을 거뒀다.

"육안으로 확인되는 것만 40개가 넘어. 보아하니 하수처리장까지 가는 길목마다 쫙 깔아놓은 모양이야."

"89개."

"응?"

"우리 앞의 코너를 돌자마자 정방향으로 직진할 경우에 맞닥뜨릴 터렛의 숫자야."

"……그걸 일일이 센 거야?"

"제대로 파악하지 않았다간 후환으로 돌아올 테니까."

"그렇기는 한데……."

"솔직히 나야 상관없어. 어지간한 탄환쯤은 막아낼 수 있고 재수 없게 몇 발 맞는다 쳐도 즉사할 일은 없으니까. 하지만 넌 아니잖아."

"아."

헨리에타가 얼굴을 살짝 붉혔다.

"그건 그렇네. 나 때문에 신경 써준 거구나."

"그런 건 아니고 그냥 겸사겸사."

"……."

"터렛뿐 아니라 CCTV도 여러 대 설치되어 있더군. 정면으로 돌파하려 했다간 곧장 하수처리장 쪽에서 알아챌 테지."

"그럼 우회해서 돌아가야 할까?"

"아니, 다른 곳이라 해서 별반 사정이 다르진 않아. 어차피 하수처리장까지의 길은 한정되어 있고 그 곳곳마다 같은 식으로 터렛밭이 존재할 거야."

"결국 터렛을 건들지 말고 지나가야 한다는 거네."

골똘히 생각하던 헨리에타가 돌연 손뼉을 쳤다.

"맞아! 당신, 염동술사잖아! 염동력으로 날아서 가면 터렛에 걸리지 않고 통과할 수 있지 않겠어?"

내 생각 어때?

헨리에타는 마치 그렇게 묻는 듯이 의기양양한 표정이었다.

적시운은 장단에 맞춰줄까 하다가 관뒀다.

"그 정도 생각을 내가 못했을까 봐?"

"떠올리지 못했으니까 고민하고 있던 거 아냐?"

"네 기준을 다른 사람한테까지 적용하지 마."

헨리에타는 입술을 비죽 내밀었다.

"누가 들으면 내가 바보인 줄 알겠네. 그럼 방법을 떠올려 놓고 고민하는 척한 이유가 뭔데?"

"고려해야 할 게 많으니까, 너와 달리."

"……."

"우선은 저거."

적시운은 창가 아래를 가리켰다. 대량의 무기를 적재한 트럭.

"저것도 같이 옮겨야 할 것 아냐."

"아."

헨리에타가 창피한 듯 얼굴을 붉혔다.

"그러네. 못해도 1톤은 나갈 텐데. 당신의 능력으로도 들어 올리기 버겁겠구나."

"버겁긴 해도 불가능하진 않아. 문제는 그게 아냐."

"어, 그래?"

"문제는 저게 너무 눈에 띈다는 거지."

"아, 하긴 그렇겠네."

트럭은 무겁기도 하지만 크기도 했다. 제법 먼 거리에서도 육안으로 확인할 수 있을 만큼.

그런 게 공중에 떠 있기까지 하다면 이래저래 눈에 띌 수밖에 없었다. 고층 건물이 그리 많지 않은 이곳이라면 더더욱.

"그리고 무엇보다도 내 목적은 단순히 여기를 통과하는 게 아냐."

"그럼……?"

"이곳을 전장으로 삼아야지."

적시운의 망막에 터렛의 총신이 반사됐다.

"그러려면 저것들을 장악해야 해."

"매카시 님, 델타 검문소로부터 긴급 보고가 들어왔습

니다."

하수처리장 내의 집무실 중 하나.

텅 빈 방 안에 정좌하고 있던 매카시가 슬며시 눈을 떴다.

"놈이로군."

"예, 사실 보고는 검문소 측 인원이 아닌 순찰대에서 보내온 것입니다."

"요점만 간략히."

"아, 예."

타이터스가 이마를 훔치며 말했다.

"검문소 수비 병력이 전멸했습니다. 4기의 나이트급 기간틱 아머가 배치되어 있었는데, 이 또한 추격 중에 전멸했습니다."

"이후에 통신이 두절된 것을 수상히 여긴 순찰대가 검문소에 들러 전멸을 확인했습니다. 감시 카메라에는 빠르게 스쳐 지나간 트럭 한 대가 찍혔습니다."

"트럭이라."

"기간틱 아머들 또한 대량의 폭약에 의해 파괴되었습니다."

"흠."

적시운의 아지트에서 대량의 병기 및 화약을 수거했다. 그것만으로도 한 개인이 보유하기엔 지나치다 싶을 정도의 양이었다. 한데도 놈은 삽시간에 트럭과 병기를 재충전해 돌아온 것이다.

"작센이로군."

작센 번스타인. 그가 배후에서 적시운을 지원한 것이 분명했다.

매카시의 혼잣말에 타이터스가 눈을 빛냈다.

"지금 병력을 끌고 가 놈을 칠까요?"

"마음 같아선 그러고 싶지만 역효과만 날 확률이 높다. 작센이라면 어차피 뒤탈이 없게끔 손을 써뒀겠지."

"하지만 한 번은 밟아둬야 하지 않겠습니까? 지금처럼 놈을 내버려 두기만 해서는 계속하여 시타델의 우환이 될 텐데요."

"언변이 꽤나 늘었군, 타이터스."

"……!"

찔끔한 타이터스가 고개를 조아렸다.

"죄송합니다. 흥분한 탓에 넘어선 안 될 선을 넘었습니다."

매카시는 타이터스를 지그시 바라봤다. 말 잘 듣고 적당히 유능하지만 지나치게 눈치를 많이 보고 비굴한 면도 있다. 때문에 충성심이 높음에도 불구하고 매카시는 타이터스를 그다지 신뢰하진 않았다.

올리버는 그 정반대. 동료들과의 유대 관계를 잘 구축한 타이터스와 달리 주변 평가가 바닥이긴 했지만 개인의 능력만으로도 이를 커버할 정도였다.

전반적인 능력 또한 타이터스를 상회하며 태도에도 비굴함이 없었다. 하지만 때로는 그게 지나쳐 매카시에게까지 대립각을 드러내기도 했다.

자칫하면 자신의 발등을 찍을지도 모르는 도끼. 그래도 날이 워낙 잘 들다 보니 애용할 수밖에 없었다.

시타델 특무요원 중에서도 핵심인 두 사람이었다. 그렇다 보니 매카시로선 피곤해지는 경우가 많았다.

'윗대가리란 피곤한 법이지. 안 그렇소, 조로아스터?'

매카시는 내심 실소했다. 지금쯤 조로아스터 또한 눈치를 챘을 것이다. 매카시가 적시운을 죽이고자 마음먹었다는 사실을.

그럼에도 제재가 없는 이유는 하나. 뜻대로 하도록 묵인하겠다는 의미였다.

어찌 보면 마지막 기회이기도 하다는 뜻. 매카시로서는 더 이상 물러날 길이 없게 됐다. 물론 물러날 생각 또한 없었다.

'또다시 증명해 보이지. 이 매카시야말로 시타델 최고의 인간이라는 것을.'

본디 매카시 또한 하층민 출신. 하지만 마수의 먹이로나 쓰일 운명을 타고난 버러지들과 달리 그는 신의 선택을 받은 존재였다.

신이 내린 축복.

강력한 전기력을 방출할 수 있는 이능력.

세상은 잔혹하면서도 공정하다. 능력을 지닌 자에겐 보다 큰 기회와 혜택이 주어지게 마련이었다.

매카시 또한 마찬가지.

그는 강력한 힘을 발판 삼아 삽시간에 위로 치고 올랐다.

2차 성징과 함께 A랭크까지 성장한 힘.

뇌전을 다루는 능력은 그를 삽시간에 시타델 최고의 위치로 끌어올렸다.

1등 시민이자 특무부의 에이스. 작위만 없을 뿐 사실상 시타델의 정점에 선 것이나 다름없었다.

그런 그가 깨지지 않을 프라이드를 갖추게 된 것은 당연한 일이었다.

조로아스터나 오스카 백작, 그 외 여타 귀족들처럼 매카시보다 위에 위치한 사람들이 있기는 했다.

하지만 그것은 어디까지나 사회 체계가 만들어낸 기준일 뿐. 인간 대 인간으로 평가하자면 자신을 능가할 자는 없다.

그것이 매카시의 생각이었다.

한데 그 확신에 파문을 일으킨 존재가 나타난 것이다.

'적시운!'

처음부터 놈을 죽일 생각 따위는 없었다. 명령받은 대로 적당히 감시만 하면 그만이라고 생각했다.

한데 놈은 시작부터 자신의 시야를 벗어났다. 그뿐 아니라 보이지 않는 곳에서부터 서서히 두각을 드러내기 시작했다.

마치 과시라도 하듯!

놈을 죽여야겠다는 결심이 굳혀진 것은 커럽티드 울프 사냥 당시.

상위권 공격대인 케르베로스 길드조차 전멸 직전까지 몰고 간 늑대들의 왕을, 적시운은 단신으로 쓰러뜨렸다. 더군다나 매카시의 추격을 눈앞에서 따돌리기까지 했다.

매카시는 그 사실을 도저히 용납할 수 없었다.

'내가 최고다. 내가 바로 이 구역의 정점이란 말이다. 네놈 따위가 아니라!'

선글라스 너머 매카시의 주름진 눈에 광기가 번들거렸다.

"저, 매카시 님."

타이터스가 어물어물 말을 꺼냈다. 무척이나 조심스러운 태도. 그러나 생각을 방해받은 매카시로선 너그러울 수가 없었다.

"더 보고할 게 남았나?"

"그건 아닙니다만, 지금부터 어떻게 대처해야 할지 말씀해 주십사……."

"멍청한 새끼. 네놈은 그런 것까지 일일이 물어봐야 임무를 수행할 수 있는 것이냐?"

"죄송합니다."

타이터스가 군말 없이 고개를 숙였다.

사실 그로선 억울한 측면도 있는 게 정작 자체적으로 움직였다간 멋대로 굴었다며 욕을 한 사발 들어먹기 일쑤였던 것이다.

이러나저러나 욕먹기는 마찬가지.

아랫사람의 고충이었다.

"경계를 강화하고 경거망동하지 말라고 하달해라. 책임 지역을 절대 벗어나지 말고 의심되는 움직임이 감지될 시엔 바로 보고하도록."

"예, 그렇게 하달하겠습니다."

"최우선 목표는 어디까지나 적시운이다. 놈을 포착하면 다른 것 다 제쳐 두고 보고하도록."

"예."

"그리고."

매카시는 몸을 돌린 타이터스의 등에 대고 말했다.

"가는 길에 올리버에게 전하도록. 따로 하달할 명령이 있다고 말이야."

"……알겠습니다."

목소리에서 희미하게 감지되는 불편한 기색. 필시 자신

이 아닌 올리버에게 중요한 일을 맡기는 데 대한 불만일 터였다.

하지만 매카시는 개의치 않았다. 타이터스가 뭐라 생각하든 보다 우월한 쪽은 어느 모로 보나 올리버였기 때문이다.

게다가 지금 그의 머릿속은 온통 적시운에 대한 생각뿐. 소모품이나 다름없는 수하들의 기분 따위를 신경 쓸 여유 따위는 없었다.

'반드시 놈을 내 손으로 죽일 것이다.'

8

터렛들이 쫙 갈린 폐허의 거리를 일종의 미로라고 한다면 중앙처리장치는 그 정중앙에 위치해 있었다.

이를 해킹하는 것이 적시운의 목적이었다.

무인 터렛은 그 구성 요소만큼이나 단순한 메커니즘으로 움직인다. 두뇌라고 할 수 있는 처리 장치만 적당히 손을 본다면 얼마든지 조종하는 게 가능했다.

문제라면 역시 두 가지.

하나는 총알의 빗발을 뚫고서 처리 장치까지 가는 일.

그리고 다른 하나는 물론…….

"당신, 해킹도 할 줄 알아?"

"몰라."

"그런데 처리 장치를 어떻게 손보겠다는 거야?"

적시운은 잠시 생각하다가 반문했다.

"꼭 설명을 듣고 싶어?"

"……내가 들으면 안 되기라도 하는 거야?"

반문에 반문으로 대꾸하는 헨리에타.

적시운은 조금 더 생각하다가 말했다.

"안 될 것은 없지만 되도록 다른 사람에겐 누설하지 않았으면 좋겠는데."

"누굴 수다쟁이로 아는 거야? 길드에 있을 적에도 입 무겁기로 유명했던 나야."

"……."

"왜 그런 눈으로 보는 거야? 내가 밀리아처럼 수다 떠는 걸 본 적이나 있어?"

"있는데."

"대체 어디서?"

"처음 만났던 날 비행선 안에서, 술 취했을 때."

"그, 그건……."

헨리에타가 새빨개진 얼굴로 손가락을 꼼지락거렸다. 그날 일을 새삼 떠올리니 머리로 피가 몰려 터질 것만 같았다.

"저기, 있잖아. 그날 내가 뭐 이상한 짓을 한 건 아니지?"

"이상한 짓?"

"있잖아. 그렇고…… 그런 짓."

"……."

"아, 아냐. 역시 듣지 않는 편이 좋을 것 같아. 어쨌든 그 날 일은 실수였어. 평소엔 절대로 하지 않을 실수."

사실 실수는 아니었다. 그녀가 마신 술의 성질은 적시운에 의해 변형된 것이었으니.

게다가…….

"너, 원래 그러려고 접근한 거였잖아."

"응?"

"네가 말한 그렇고 그런 짓. 그게 네 목적이었잖아. 날 구워삶아 보려고."

헨리에타가 찔끔한 표정을 지었다.

"아, 알고 있었어?"

알고 있었으니 필름이 끊기도록 만들었지.

속으로만 대답한 적시운이 고개를 돌렸다.

무인 터렛의 공격 목표는 생체 센서에 의해 판단된다. 인체에 가까운 열 반응이 생긴 방향으로 포화를 쏟아붓는 방식.

마수 또한 대부분 온혈동물이기 때문에 꽤나 유효한 메커니즘이라 할 수 있었다.

하지만 그렇기에 파고들 구석 또한 존재했다.

예컨대 지금처럼.

적시운은 미네르바를 허공에 띄웠다.

"이 녀석이 답이야."

"응?"

미네르바를 본 헨리에타가 멍한 표정을 지었다.

"평범한 PDA 아냐?"

"그보다는 좀 더 복잡한 물건이야. 기초적인 레벨의 AI까지 탑재하고 있고 일반적인 PDA보다 훨씬 다채로운 방향으로 활용할 수 있어."

"예컨대 해킹 같은……?"

"그래."

자그맣고 방출 열량 또한 낮기에 바탈리온 터렛의 센서에 감지되지 않는다. 간단한 조작만 더해지면 단순한 프로세서쯤은 얼마든지 크래킹(Cracking)하는 것도 가능했다.

물론 그 조작을 직접 해야 한다는 게 문제이긴 했지만 적시운에겐 해당 사항이 아니었다. 염동력으로 얼마든지 대체할 수 있기에.

두둥실 허공에 들린 미네르바가 폐건물의 미로 속으로 진입했다.

헨리에타는 적시운에게 조금이라도 방해가 되지 않게끔 입을 꾹 다물었다. 묻고 싶은 게 한가득이긴 했지만 나중을 위해 미루기로 했다. 사실 묻는다고 해서 적시운이 가르쳐 줄 것 같지도 않았고.

기잉. 기이잉.

터렛들의 간헐적인 움직임이 적시운의 기감을 건드렸다.

풍화되어 부스러지는 벽돌, 방사능의 영향을 받아 엄지손가락만 해진 개미들의 움직임, 터렛의 감시 센서에 걸리지 않는 도마뱀 같은 냉혈동물들이 꼼지락대는 것까지. 그 모든 것이 적시운의 감지망 속에 존재했다.

적시운은 그 어느 때보다 예민해진 감각 속에서 신중하게 미네르바를 움직였다. 지속적으로 천마결을 수련해 온 성과가 알게 모르게 발현되고 있었다.

감각의 날카로움과 집중력, 양쪽 측면에서 성장했다는 게 느껴졌다.

드르르륵!

"……!"

몇 블록 떨어진 위치에서 들려온 총성에 헨리에타가 화들짝 놀랐다.

"들킨 거야?"

"아니."

적시운은 침착한 얼굴이었다.

이를 확인하고 나서야 헨리에타도 안도했다.

"멍청한 오크 몇 마리가 터렛의 사정권에 들어섰어. 감시 카메라에도 찍혔을 테니 큰 소동이 일어나진 않을 테지."

"그렇구나. 다행이네."

미네르바는 그 와중에도 미로의 중심을 향해 꾸준히 날아갔다.

바탈리온 터렛의 중앙처리장치는 3층 높이의 폐건물 안에 설치되어 있었다.

명실상부한 터렛밭의 심장부.

건물 자체가 수십 기의 터렛을 총괄하고 있었다.

1층에는 이온 발전기가 설치되어 케이블을 통해 터렛들에 전력을 공급하고 있었다.

지하실은 통째로 케이블 룸으로 쓰이는 중.

이를 총괄하는 중앙처리장치는 2층에 설치되어 있었다.

미네르바는 처리 장치의 바로 앞에서 정지했다.

첨단 건물 중엔 레이저 트랩이 설치되어 있는 경우도 많은 편인데 이 건물은 폐건물이나 다름없어서 그런지 별도의 보호 장치가 없었다.

적시운은 미네르바의 접속 단자를 끌어당겼다. 단자는 곧장 처리 장치의 단말기에 맞물려 들어갔다. 이제 나머지는 그녀에게 맡길 일이었다.

[보안 시스템 침투를 시작합니다.]

블루투스 수신기를 통해 들려오는 미네르바의 음성.

적시운은 가볍게 숨을 돌리고서 대기했다.

3분 남짓한 길지 않은 시간. 그래도 평소보다는 조금 길게 느껴지는 듯했다.

[보안 체계를 장악했습니다.]

"좋아."

적시운의 목소리에 헨리에타가 귀를 쫑긋 세웠다.

"끝난 거야?"

"그래."

"그럼 정말로…… 터렛들을 제어하게 된 거야?"

"확인해 보면 알겠지."

적시운은 창밖으로 뛰어내렸다.

잠시 고민하던 헨리에타가 계단으로 뛰어 내려가 따라붙었다.

"재수 없으면 오발탄이 나올지도 모르는데."

"그래서 당신 뒤에 찰싹 붙어 있으려고. 그리고 난 당신을 믿어."

적시운은 더 경고하지 않기로 했다. 어차피 말해봐야 들을 것 같지도 않았고.

사실, 경고할 필요가 없기도 했다.

[감시 카메라의 작동을 중지합니다. 본부에는 녹화된 화면을 반복 송출하겠습니다.]

[열 반응 센서를 정지합니다.]

[각 무인 터렛을 수동 제어로 전환합니다.]

잇따라 들려오는 미네르바의 음성.

터렛의 통제권은 완전히 적시운에게로 넘어왔다.

감시 카메라 또한 마찬가지. 당분간 하수처리장 쪽에는 녹화된 화면만이 재생될 터였다.

적시운은 걸음을 멈췄다. 무인 터렛의 총신 앞이었다.

"정말로 멈추는 데 성공했네?"

적시운의 등 뒤에서 헨리에타가 중얼거렸다.

살짝 김이 빠진 적시운이 투덜댔다.

"아까는 날 믿는다며?"

"응, 당신은 믿지. 근데 기계는 믿을 수가 없으니까."

"말은 잘하는군."

적시운은 트럭을 끌고 와 중앙처리장치가 있는 건물 옆에 세워뒀다.

이곳에서 하수처리장까지는 대략 5㎞ 거리. 전진기지로 삼기에 최적이라 할 수 있었다.

"다른 곳의 터렛밭도 이렇게 무력화시키면 되겠네?"

"아니, 특별 케이스는 여기뿐이야."

"어째서?"

적시운은 처리 장치에 연결되어 있는 미네르바를 가리켰다.

"저 녀석이 유효한 것은 선으로 연결되어 있을 때뿐이야. 단자가 뽑히거나 끊어지는 순간 통제권 또한 사라지게 돼."

"그러면……."

"지금은 얌전히 있는 저 터렛들이 죄다 미쳐 날뛸 거라는 소리지."

"……."

마른침을 꿀꺽 삼키는 헨리에타.

저 정도 숫자의 터렛밭 한가운데에 갇힌다면 살아 나가기는 불가능할 것이다. 생존은커녕 시체가 곱게 남아날까를 걱정해야 할 터였다.

"이곳을 거점 삼아 싸우는 게 최선이라는 거지."

매카시의 병력을 이쪽으로 유인해 싸운다.

그것이 적시운이 준비한 첫 번째 비책이었다.

'비책이라고 할 만큼 거창한 건 아니지만.'

[그렇게 겸손해할 것 없네. 적의 힘을 역이용한다면 해당 전력의 네 배 이상의 효용을 거둘 수 있네. 그 정도면 가히 비책이라 할 만하지.]

'관둬. 댁이 칭찬하면 괜히 불안해진단 말이야.'

[섭섭한 소리를 다 하는구먼.]

적시운은 전방을 주시했다. 이제 하수처리장까지 남아 있는 터렛밭은 하나뿐이었다.

"헨리에타."

"으, 응?"

헨리에타가 움찔 놀라며 대답했다.

"왜 그렇게 놀라?"

"아, 아니. 당신이 내 이름을 부른 건 처음인 것 같아서."

"내가?"

"그래, 항상 '너' 아니면 '그쪽' 같은 식으로 불렀었잖아."

그랬던가?

잠시 생각해 보던 적시운은 어깨를 으쓱했다. 설령 그렇다 해도 지금 당장은 중요한 일이 아니었다.

"저격으로 몇 km 바깥의 목표까지 적중시킬 수 있지?"

"글쎄……? 보통은 1km 이상, 2km 이하야. 2km에 가까워질수록 정확도가 떨어지는 편이고. 컨디션에 따라서 미세하게 달라지긴 하지만."

"그건 인간을 기준으로 할 때의 얘기야?"

"응, 샌드웜 같은 대형 마수라면 또 얘기가 다르지. 탄환이 날아갈 수 있는 거리라면 어디든 맞힐 수 있어. 별반 타격을 줄 수 없다는 게 문제지만."

적시운은 고개를 끄덕였다.

"알겠어. 그럼 적당한 위치를 지정해 줄 테니 소총을 거치시키고 대기하도록 해."

"지금 바로?"

"그래."

쇠뿔도 단김에 빼라고 했다. 저들이 아직 터렛을 빼앗겼다는 사실을 모를 때 최대한의 타격을 줄 필요가 있었다.

"당신은 어쩌려고?"

"나가서 놈들을 유인해야지. 아니면 네가 할래?"

"아, 아니."

헨리에타는 급히 고개를 가로저었다.

그럴 줄 알았다는 듯 적시운은 피식 웃었다.

"일반 병사는 노릴 필요 없어. 잔챙이들은 터렛만으로 쓸어버릴 수 있으니."

어디까지나 목적은 요원들. 적시운의 말뜻을 이해한 헨리에타가 고개를 끄덕였다.

"대물저격총을 써야겠네."

본래는 장갑차나 전차에 타격을 주기 위해 설계된 총기. 현재에 이르러선 마수 및 기간틱 아머를 상대할 때 애용되었다.

그리고 빈도 자체는 낮지만 인간을 상대로 할 때도 자주 쓰였다. 아티팩트나 이능력을 통해 전개된 배리어를 뚫기 위함이었다.

"조심해."

헨리에타의 말에 적시운은 가볍게 손을 흔들어 보였다.

'우선은 정면의 터렛밭이군.'

대략적인 계획을 세우고 나니 머릿속 또한 명료해졌다.

소총이나 유탄을 챙기진 않았다. 기계장치인 무인 터렛에 있어 탄환은 그리 효력이 좋지 않았고 유탄은 개수가 한정된 만큼 아낄 필요가 있었다.

두 가지를 배제하고 나니 남는 것은 하나뿐.

적시운은 걸음에 맞추어 호흡을 가다듬었다. 배 속 깊은 곳, 하단전으로부터 뜨거운 기운이 솟구쳐 올라 온몸을 휘돌았다.

칼날처럼 예리해지는 감각, 근육의 결을 따라 걸리는 장력, 무거워지는 동시에 가벼워지는 육체.

모순적인 힘이 적시운의 혈관을 타고 온몸으로 퍼졌다.

기잉.

열 반응 센서가 적시운을 감지했다. 전방의 무인 터렛들이 적시운을 향해 총구를 돌렸다.

드르르륵!

너 나 할 것 없이 경쟁적으로 불을 뿜어대는 총구.

탄환의 세례가 적시운을 향해 빗발쳤다.

적시운은 그 화망 속으로 걸음을 내디뎠다.

제15장
하수처리장 전투(1)

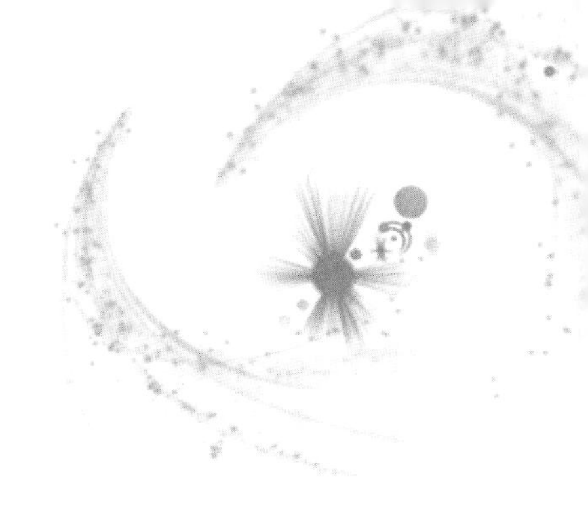

1

철컥. 좌르르륵.

총포가 장전되는 소리와 탄대가 쏟아지는 소리가 요란하게 울렸다.

희미한 불빛 아래의 지하실.

100평 남짓한 공간에서 수많은 이가 분주히 움직이고 있었다.

지렛대로 탄약 상자를 여는 이들, 총기의 기능 검사를 실시하는 이들, 모든 검사가 완료된 병기를 바깥으로 옮기는 이들.

클라리스는 그 한가운데에서 연신 지시를 내리고 있었다.

탐스러운 흑발은 질끈 묶어놓은 상태. 낡은 군모 아래의 얼굴은 철저히 위장되어 있었다. 방탄조끼를 비롯한 보호 장비 또한 철저히 착용해 둔 뒤였다.

"유탄 발사기는 어디로 옮깁니까, 리더?"

"델타 트럭에 실어. 터렛밭을 뚫고 들어가는 데 필요할 거야."

"리더! 타르빌 놈들에게서 연락이 왔는데 전자기 펄스 수류탄을 공수하려면 이틀은 족히 걸린다는군."

"할 수 없지. 펄스 수류탄은 배제하고 작전을 짜는 수밖에."

"그렇게까지 서두를 필요가 있나?"

"이틀씩이나 기다려서는 늦어. 그쪽은 이미 움직였을 테니까."

"그 동양인 말인가?"

클라리스는 고개를 끄덕였다.

그녀의 보좌관격인 중년의 백인은 이해할 수 없다는 얼굴로 혀를 찼다.

"무장이 철저히 된 하수처리장으로 무턱대고 쳐들어가다니. 그놈, 제정신이 아닌 것 아냐?"

"……."

"리더에 대한 신뢰가 있어서 명령에 따르고는 있지만, 솔직히 다들 불안해하고 있어. 이러다 제대로 똥 밟는 거 아니냐고."

"당신 생각은 어떤데, 블랙?"

"솔직하게 말해도 되나?"

"그편이 나로서도 좋아."

"반란을 일으킬 타이밍을 재는 중이지. 어, 음. 농담이야."

클라리스는 피식 웃었다. 하지만 블랙의 사타구니를 겨누고 있는 총구를 치우진 않았다.

"젠장, 정말로 농담이었다고. 내가 리더를 배신할 리가 없잖아."

"알아, 당신은 그러기엔 지나치게 투박하고 단순한 아저씨니까."

"그걸 알면서 총은 왜 안 치우는데?"

"긴장 좀 하라고."

클라리스는 권총을 치우고는 허벅지의 홀스터에 집어넣었다. 그제야 블랙은 살았다는 듯 숨을 돌렸다.

"십년감수했네."

"엄살은. 어차피 쏘지 않으리란 걸 알고 있었으면서."

"그나저나 총 다루는 실력은 전혀 녹슬지 않은 모양인걸."

"녹슬 겨를이나 있었어?"

"요 근래엔 키보드를 두드리거나 바텐더 일 하는 데에 더

열중했었잖아."

"그 정도로 평생을 갈고닦은 감각이 무뎌지진 않아."

"그렇다면 다행이지만……. 그래도 조심하는 게 좋을 거야. 이번 리더의 판단에 불만을 품은 녀석들도 없진 않을 테니까."

갑작스러운 전투 돌입. 게다가 그 상대는 매카시를 포함한 특무요원들이다. 승산이 희박한 전투인 만큼 불만이 없을 리 없었다.

무엇보다 그들, 저항군은 최근 무자비한 탄압으로 몸살을 앓는 중이었고.

클라리스와 어깨를 나란히 하는 간부만 벌써 5명이 희생됐다. 요원들에게 붙잡혀 고문을 당한 다음 처참히 죽고 만 것이다.

그 과정에서 고문을 이기지 못해 기밀을 실토한 이도 적지 않았다.

결과적으로 레지스탕스 세력은 크게 약화됐다. 수년에 걸쳐 겨우 구축한 전력이 지푸라기로 돌아가는 데 한 달이 채 안 걸렸다.

저항군으로선 판도를 뒤집을 한 방이 필요한 입장. 하지만 싸우기도 전에 전의를 상실한 이도 상당수일 터였다.

블랙은 그들에 대해 언급한 것이다.

"반란에 대한 얘기는 물론 농담이었지만…… 자칫하면 현실이 될 수도 있어. 어쩌면 리더의 목을 들고 한몫 챙기려는 놈들이 있을 수도 있고."

"그렇군. 알겠어. 얘기해 줘서 고마워, 블랙."

"뭘, 한배를 탄 입장에 이 정도쯤이야."

대화를 나누는 사이 병기 적재 작업이 완료됐다.

저항군들은 지하실 밖에 대기 중인 트럭들에 차례로 올라탔다.

낡은 G508 트럭. 한국에서 두돈반이라 불리는 군용 중형 트럭의 조상격 되는 모델이었다.

"전원 착석 완료했어, 리더."

블랙의 보고에 클라리스는 고개를 끄덕였다.

저항군 내 최정예 병사들. 그렇다고 해봐야 시타델 정규군과 호각을 이루는 수준이었다.

숫자는 클라리스를 제외하고 60명. 이 숫자로 터렛밭을 뚫고 가 특무요원이 포함된 정규군과 사생결단을 내야 했다.

생각하는 것만으로도 절로 실소가 나왔다.

'승산이 없긴 하구나.'

그렇더라도 해야만 한다. 여기서 움직이지 않으면 남은 미래는 철저히 고립되어 말라 죽는 것밖에 없을 터. 시타델이 그들을 응징하기로 한 순간부터 저항군은 싸우는 수밖에 없었다. 비록 승산 없는 전투라 하더라도.

'적시운에게 비책이 있기만을 바라야겠지.'

시타델 데이터베이스엔 적시운에 대한 보고 내역이 빼곡히 작성되어 있었다.

그중에서도 클라리스의 눈길을 끈 것은 오소독스에서의 일전. 적시운이 토마호크 클랜을 전멸시켰다는 내용이었다.

'제이콥 토마호크.'

그에 대해선 클라리스도 잘 알고 있었다.

'매카시에 버금가는 악명 높은 인간 사냥꾼.'

모종의 이유로 시타델을 탈출, 이후 무인 도시인 오소독스에서 왕으로 군림해 왔다. 딱히 기밀이라 할 것도 없는 사실이었다.

적시운은 그런 제이콥 토마호크를 사냥했다. 물론 매카시에 비하면 결코 거물이라 할 수 없는 인물이긴 했지만…….

'그라면 매카시를 상대로도 승산이 있을지도 몰라.'

희박한 근거에 기반을 둔 믿음. 그렇더라도 여기에 걸어보는 수밖에 없었다. 살아남기 위해서는.

콰광! 콰과광!

연신 터져 나오는 폭발.

수백 발의 총탄이 불꽃을 가르며 한 방향으로 빗발쳤다.

무형의 힘이 그 총탄들에 작용했다.

허공에서 낚아채진 탄막은 그대로 커브를 돌아 애먼 방향의 기둥으로 날아들었다.

집중포화에 두들겨 맞은 콘크리트 기둥이 내용물을 드러냈다. 녹슨 철골 위로 뒤따른 탄환들이 내리꽂혔다.

투두두두!

철골 또한 얼마 버티지 못하고 걸레짝이 되어 끊어졌다.

그러기를 몇 차례.

기둥에 의해 지탱되던 고층 건물이 한 방향으로 비스듬히 기울기 시작했다.

적시운은 그 건물에 살짝 힘을 가했다.

이미 기울기 시작한 기둥은 빠르게 가속되어 터렛밭을 덮쳤다.

쿠구구궁!

흙먼지를 쏟아내며 붕괴하는 건물. 그 사이사이에서 사이좋게 폭사하는 터렛들.

먼지 사이로 치솟는 불길이 마치 토혈하는 마수를 연상케 했다.

그래도 여전히 터렛은 많았다.

적시운이 엄폐물 밖으로 나서자마자 즉각적인 집중사격이 쏟아졌다.

적시운은 한 걸음을 내디뎠다. 시우보의 묘리가 발현되며 그의 신형이 쏜살처럼 전방을 향해 쏘아졌다.

쇄도하는 탄환들은 염동력 배리어로 막아냈다.

타타타탁!

5.56㎜ 탄두들이 콩 볶는 소리를 내며 눈앞에서 튕겨 나갔다.

상당한 물리적 반동이 적시운의 몸에도 가해졌지만 심각한 수준은 아니었다.

이미 활성화된 천마신공의 기운이 온몸을 일주하는 중. 탄환 세례만으로 적시운을 막는다는 것은 불가능했다.

끼이이익!

터렛의 측면으로부터 쇄도한 적시운이 총신을 붙잡아선 그대로 구부렸다.

발사된 탄환들이 구부러진 총신에 충돌, 총열 전체가 산산이 폭발했다.

이어서 다음 터렛의 아래쪽에 권격을 날렸다. 자동 장전 장치가 그대로 박살 나며 탄환들이 사방으로 쏟아졌다.

권격 하나에 터렛 하나. 적시운은 차근차근 터렛들을 부숴 나갔다.

결과적으로 10분이 채 걸리지 않는 시간 동안 터렛의 반수가 박살 났다. 그 과정은 고스란히 하수처리장의 지휘소로 전송됐다.

적시운으로서도 감시 카메라를 단번에 무력화할 능력은 없었고, 그럴 생각조차 없었다.

올 테면 와보라는 것.

적시운이 무언의 선전포고를 날린 셈이었다.

매카시를 비롯한 특무요원들이 그것을 모를 리 없었다.

"저…… 빌어먹을 자식!"

폐쇄 회로 TV의 화면을 응시하며 타이터스는 이를 뿌득 갈았다.

놈이 도망치지는 않으리란 것쯤은 알고 있었다. 하지만 이렇게나 빨리, 이렇게나 단순한 형태로 치고 들어올 줄이야.

"기이하군."

바로 옆에서 들려오는 익숙한 음성.

안 그래도 구겨져 있는 타이터스의 미간이 한층 일그러졌다.

"뭐가 말이냐?"

"저 사내가 날뛰고 있는 곳은 제2터렛 필드다. 제1터렛 필드보다 안쪽에 있는 위치지."

"그래서?"

"놈은 왜 제1필드가 아닌 제2필드를 공격하고 있지?"

“뻔한 걸 묻는군. 놈은 염동술사다. 비행하여 1필드를 뛰어넘는 것쯤은 일도 아니었을 것이다.”

“그렇다면 더 이상한 일 아닌가? 제2필드도 마찬가지로 뛰어넘으면 그만일 텐데. 그랬다면 이곳에 기습 타격을 가하는 것도 가능했을 것이다.”

“도중에 마음이 바뀐 모양이지!”

신경질적으로 대꾸하는 타이터스. 올리버는 더 할 말이 없다는 듯 입을 다물었다.

화면 속의 적시운은 육박전으로 터렛들을 박살 내고 있었다. 주먹질에 기계장치들이 터져 나가는 장면은 확실히 인상적이었다.

“하지만 영리하다고는 할 수 없지!”

타이터스가 신경질적인 미소를 지었다.

“보아하니 아티팩트로 떡칠을 한 모양이군. 그러니 탄환 세례 속에서 저리 날뛰는 게 가능할 테지.”

“한데 좀 이상하지 않나? 과연 아티팩트의 힘만으로 저런 근력과 움직임이 나올 수 있을까?”

또 다른 요원의 한마디에 타이터스는 혀를 찼다.

“염동력으로 어떻게 강화한 모양이지! 어쨌든 내가 매카시 님에게 보고를 올리겠다.”

“올리버가 이미 갔어.”

"뭐야?"

타이터스가 황급히 고개를 돌렸다. 과연 조금 전까지 옆에서 있던 올리버의 모습이 사라진 뒤였다.

"개자식!"

타이터스는 급한 걸음으로 매카시에게 향했다.

노크를 한 후 문을 열고 들어서니 올리버는 이미 보고를 마친 듯 침묵한 채 서 있었다.

매카시가 나직이 입을 뗐다.

"왔군, 타이터스."

"아, 예. 죄송합니다. 제가 먼저 보고를 올렸어야 하는 건데."

"됐다. 누가 보고를 하든 크게 다를 것도 없으니."

매카시는 올리버를 돌아봤다.

"허락하지. 병사들은 얼마나 필요하지?"

"혼자서도 충분합니다."

"그런가. 좋을 대로 하도록."

"예."

묵례를 한 올리버가 방을 나갔다.

타이터스가 매섭게 째려봤지만 올리버는 그에게 눈길조차 주지 않았다.

그가 나가고 난 후, 타이터스가 조심스럽게 입을 열었다.

"올리버가…… 매카시 님에게 무슨 얘기를 한 겁니까?"

"적시운에게 무슨 계략이 있을지도 모른다더군. 내가 바로 전면에 나서는 것은 피해야 한다고 말이야."

"놈이 또다시 건방진 소리를 지껄였군요. 매카시 님이 어설픈 계략 따위에 당할 거라 생각하다니."

"나는 물론 겁쟁이가 아니다, 타이터스. 하지만 적시운 그 놈이 간교한 놈이라는 것 또한 사실이지."

"그, 그렇지요."

"마침 올리버가 청하더군. 자기가 적시운을 상대해 보고 싶다고 말이야."

"올리버가 말입니까?"

"그래, 괜찮다 싶어서 허락했다. 확실히 나 또한 적시운의 실력을 제대로 확인해 본 적은 없으니."

"으음."

타이터스는 침음을 흘렸다. 올리버가 이렇게까지 대놓고 나선 적은 처음이었기 때문이다.

'그만큼 자신이 있다는 건가? 그게 아니면…….'

2

몇 가지 미심쩍은 부분이 있었으나 이미 지나간 일.

타이터스는 마음속에 떠오르는 의혹들을 접었다.

'묘한 상황이로군. 이래서야 오히려 적시운을 응원하고 싶어지지 않는가.'

확실히 타이터스에게 있어서 최선의 상황은 그것이었다. 적시운이 올리버를 해치우고 지친 적시운의 숨통을 매카시가 끊는 것 말이다.

'그렇게만 되면…….'

타이터스로선 경쟁자가 제거되는 셈이니 좋고 매카시도 만족할 터. 조로아스터의 심기가 불편해지기야 하겠지만 큰 문제는 되지 않으리라. 어쨌든 적시운은 유용한 인재이기에 앞서 시타델의 위험 요소였으니.

"타이터스."

"예, 매카시 님."

"전 병력을 언제라도 출동할 수 있게끔 대기시키도록."

타이터스는 내심 미소를 지었다. 매카시 역시 올리버가 이길 거라고는 생각하지 않고 있었다.

결국 핵심은 그다음이었다.

"바로 명령을 하달하겠습니다."

콰직!

탄창을 부수고 들어간 손아귀가 내부 스프링을 움켜쥐었다. 이윽고 스프링과 그에 엮인 부품들이 내장처럼 뽑혀 나왔다.

조금 전까지 이어지던 마지막 총성이 사라졌다. 바탈리온 터렛이 마침내 전멸한 것이다.

적시운은 손에 쥐어진 부품을 바닥에 버렸다. 여전히 천마권기가 감도는 손아귀가 희미한 빛을 발하고 있었다.

옷가지는 너덜너덜해져 있었다. 대부분의 탄환을 튕겨내긴 했으나 몇 발은 집중력이 흐트러진 틈을 타고 배리어를 뚫고 들어왔다.

그래도 치명상을 입진 않았다. 약간의 타박상을 입은 것이 전부. 예전이라면 상상도 하지 못할 일이었다.

그럼에도 적시운의 표정은 만족스럽지 못했다.

"통하지 않았나?"

터렛밭을 때려 부수다 보면 시타델 측 병력이 몰려나올 거라 생각했다. 하지만 무인 터렛이 전멸할 때까지도 개미 새끼 한 마리 얼씬거리지 않았다.

'이쪽 계획이 들통난 건가? 그게 아니면 다른 꿍꿍이가 있는 것이거나.'

뭐가 되었든 입맛이 찝찝하게 됐다. 전황의 주도권을 쥐지 못한다면 선제공격의 의미가 사라지는 셈이었으니.

탕!

돌연 울려 퍼진 한 발의 총성.

적시운의 주먹이 탄환을 후려친 것은 거의 동시였다.

배리어를 펼칠 수도 있었지만 일부러 주먹으로 쳐 내는 행동을 취했다.

조금이라도 기선을 제압해 보려는 목적. 그러나 상대방은 그다지 놀라지 않은 눈치였다.

"대단하군."

무미건조한 상찬에 적시운은 쓴웃음을 머금었다.

"그건 내가 하고 싶은 말인데."

적갈색 피부의 사내. 아마도 라틴 계열의 혈통인 모양이었다.

육체는 지금껏 적시운이 보아온 그 어떤 사람보다도 거대하고 육중했다. 혈관에 스테로이드라도 흐르는 듯한 외형.

'육체 강화계 이능력자!'

하지만 단순히 그 정도에 그치지는 않는 듯했다. 지척까지 접근하는데도 적시운이 눈치채지 못했을 정도였으니.

터렛밭을 부수는 데 집중하느라 주변 상황을 제대로 체크하지 못하긴 했지만, 그것을 감안하더라도 상대방의 기척을 감추는 능력은 상당했다.

[사도에 가까우나 어쨌든 외공으로 일가를 이룬 육체로군. 하

나 어쩐지 인간보다는 짐승에 가까운 느낌일세.]

'짐승?'

[그렇다네.]

적시운은 천마의 말로부터 한 가지 사실을 유추하고는 확인해 보기로 했다.

"수인계 육체 강화 능력자……. 웨어비스트인가?"

"그렇다. 이것이 우리의 첫 대면으로 아는데, 내 정보를 누군가에게 미리 들은 건가?"

"전혀. 그냥 감으로 찍은 거다. 어떤 동물을 기반으로 했는지는 애매하지만."

"고릴라다."

"아."

적시운은 대번에 이해했다. 혹시 몰라 기감을 확장시켜 보았다. 눈앞의 사내를 제외하면 적은 나타나지 않았다.

적시운의 태도를 살피던 사내가 말했다.

"걱정할 것 없다. 여기에 온 것은 나 혼자뿐이니."

"처음부터 걱정한 적은 없는데."

"그렇다면 다행이군. 괜히 주변 상황에 관심을 쏟느라 집중하지 않으면 손해니."

"내가? 아니면 그쪽이?"

"양쪽 모두에게."

특무요원답지 않게 담백한 사내였다. 사실 요원이라 해봐야 적시운이 만나본 것은 매카시뿐이긴 했지만 말이다.

'그마저도 스치듯 지나간 게 전부였고.'

어쨌든 이 사내는 매카시와는 다른 기질을 지니고 있었다. 최소한 적시운이 판단하기로는 그러했다.

"사이좋게 담소나 나누자고 혼자서 온 것은 아닐 테고, 목적이 뭐지?"

"기본적으로는 너, 이능력자 적시운을 제압하는 것이다."

"뭔가가 더 있다는 투로 들리는데."

"제압은 궁극적인 목표가 아니다. 조로아스터 님께서 내리신 명령은 그게 아니었으니까. 수석 요원 매카시는 너를 죽이려 하고 있지만 나는 그게 옳은 일이라고 생각하지 않는다."

"당신은, 그러니까……."

"올리버. 내 이름은 올리버다."

"이름 따윈 아무래도 좋아. 어쨌든 나를 죽이는 데 반대한다는 건가?"

"그렇다."

더블 B랭크 웨어비스트, 올리버가 무뚝뚝한 얼굴로 말했다.

"네 존재는 에메랄드 시타델에 해보다 득이 될 가능성이 높다. 조로아스터 님 또한 그렇게 판단하셨을 테지."

"하지만 매카시는 날 죽이고 싶어 한다며?"

“시타델 특무부를 지휘할 권한은 오직 오스카 백작님에게만 있을 뿐이다. 그 권한을 위임받은 인물 또한 사무국장 조로아스터 님뿐이고.”

잠시 침묵하던 올리버가 덧붙였다.

“수석 요원인 매카시의 계급이 우리들보다 높은 것은 사실이지만, 그에게 우리를 지휘할 권리가 있는 것은 아니다.”

“매카시를 싫어하는 모양이지?”

“그의 성향은 위험하다. 또한 그와 그의 추종자들은 부패했지. 지금 당장은 시타델에 득이 되는 인물이지만 언제 악성종양으로 변하게 될지 모를 일이다.”

같은 편이라고 생각하기 힘든 신랄한 평가에 적시운은 픽 웃었다.

“그런 얘기를 소리 높여 떠들어도 되는 건가?”

“통신기를 꺼두었으니 문제없다. 설령 엿듣는다고 하더라도 상관없고.”

“흠.”

“게다가 매카시는…… 내 생각을 알면서도 나를 보낸 눈치이기도 하고.”

“이유는?”

“뻔하지. 네 능력을 측정하는 데 나를 이용할 생각일 거다. 나와 네 전투를 목도함으로써 대응할 전술을 수립하겠지.”

적시운은 힐끔거리며 주변을 훑어봤다. 터렛과 달리 전멸하지 않은 감시 카메라들이 곳곳에서 반짝이고 있었다.

상당수가 부서지긴 했지만 그래도 꽤 많은 수가 남아 있는 상황.

'전부 부숴 버리는 것도 나쁘진 않을 테지만…….'

오히려 남겨두고서 역이용하는 게 나으리라.

적시운은 그렇게 판단했다.

"결론을 내리자면 너와 내가 싸우는 건 서로에게 있어 좋을 게 없다."

단정 짓듯 말하는 올리버.

적시운은 시큰둥한 태도로 그를 바라봤다.

"그래서, 항복이라도 하라는 건가?"

"항복이 아니라 협력이라는 게 정확한 표현이겠지. 지금이라도 시타델에 충성할 것을 맹세하면 된다."

"그런다고 매카시가 가만히 있을까?"

"곧장 이곳을 이탈하여 조로아스터 님에게로 가면 된다. 제아무리 매카시라 해도 그분의 권위에 대항하진 못할 테니. 그분께서 너를 포용하시기만 하면 더 이상의 위해는 없을 것이다."

"그러니까 결국 조로아스터의 꽁무니에나 숨으라는 얘기군."

"죽는 것보단 낫지. 안 그런가?"

"죽는 것보다만 나은 거겠지."

"이대로 싸우게 되면 네게는 죽음뿐이다. 그걸 모르진 않을 텐데?"

"그런 말 지껄이는 놈들치고 좋은 꼴 보는 놈이 없지."

올리버의 표정이 희미하게 경직됐다. 적시운이 자신을 도발하고 있다는 것을 알아챈 것이다.

"염동술사의 장점은 사물이 많은 지형에서 극대화되지. 그런 면에서 이 장소는 네게 유리할 것이다. 하지만 그것만으로는 부족해. 총기나 폭약류의 무기 하나 없이 나를 쓰러뜨릴 수는 없다."

"네 상식으로는 그렇겠지."

"본인이 그런 상식을 뛰어넘는 존재라는 망상에라도 빠져 있는 건가?"

"그래, 망상이 아니라 현실이란 게 차이점이지만."

"……대화가 통하는 상대라고 생각했는데 내 생각이 틀렸나 보군."

"미안하지만 고릴라 언어는 익힌 적이 없거든."

쾅!

올리버가 오른편의 석벽을 후려쳤다. 석벽이 산산이 박살 나서는 후드득 떨어져 내렸다.

"마지막 경고다. 단순히 랭크가 높다고 나를 우습게 보는 거라면 생각을 재고하는 게 좋을 것이다."

"랭크에 현혹되어 상대를 얕잡아 보는 건 삼류나 하는 짓이지."

적시운은 담담한 태도로 말했다.

"나는 그 외의 모든 요소를 고려하고서 너를 얕잡아 보는 거다."

"……!"

올리버의 이마 위로 푸른 힘줄이 불끈 돋았다.

그는 타이터스나 매카시에 비하면 매우 공정한 성격이었다. 하지만 그렇다 해서 호구나 얼간이인 것은 결코 아니었다.

걸어오는 도발은 피하지 않고 받아준다. 마음에 안 드는 것이 있다면 힘을 써서라도 교정한다.

그러한 신념에 웨어비스트로서의 호전성까지 더해진 것이 올리버의 진면목.

지금 적시운은 그 역린을 제대로 건드린 것이었다.

쾅!

바닥을 박차고 돌진하는 올리버. 거구에서 나온다고는 믿기 어려울 정도의 스피드였다. 그대로 충돌하면 중형 차량이라도 종잇장처럼 구겨질 터.

적시운 또한 땅을 박찼다.

방향은 상공. 때마침 반파된 빌딩의 옆이었기에 어렵잖게 건물 안으로 들어갈 수 있었다.

"달아날 생각이냐!"

올리버 또한 방향을 전환해 허공으로 솟구쳤다.

위쪽에서 기다리고 있던 적시운은 올리버를 향해 염동력을 가했다.

카각!

허공에서 충돌하는 힘.

짓누르는 힘이 올리버의 속도를 더디게 만들었다. 그러나 올리버는 이내 역장을 빠져나와선 건물 안으로 들어섰다.

적시운의 위치는 5층, 올리버는 3층이었다.

'염동력으로 저지하기는 힘들겠군.'

이쪽은 트리플 B, 저쪽은 더블 B랭크인데도 힘이 비등비등했다. 아니, 오히려 적시운 쪽이 밀린다고 보는 게 옳았다.

'스페셜 클래스다, 이거지.'

이능력자 중에서도 특히나 희귀한 계열. 숫자가 적으며 제약과 문제점을 하나씩은 지니고 있는 이들은 스페셜 클래스로 분류되었다.

예컨대 웨어비스트의 경우엔 그 외관과 성향 자체가 제약이었다. 흉측한 외모로 인해 여타 인간들과 쉽게 융화될 수 없으며, 짐승과 같은 흉포함을 지녔다는 점이 말이다.

어쨌거나 이능력만으로 대적하기엔 버거운 상대였다.
콰광!
바닥을 부수며 올리버가 솟구쳐 올랐다.
위치는 적시운의 바로 앞.
올리버는 머리를 흔들어 흙먼지를 털어냈다.
붉게 상기된 근육들이 꿈틀거리는 가운데 그가 짐승처럼 으르렁거렸다.
"더 이상의 배려는 바라지 마라!"
"처음부터 바란 적 없다!"
적시운은 강하게 진각을 밟았다. 기왕 싸우기로 마음을 먹었다면 상대가 아무것도 모를 때 승부를 내는 게 편했다.
팟!
적시운은 시우보를 밟아 순식간에 올리버의 코앞으로 쇄도했다.
흠칫 놀란 올리버가 주먹을 뻗었으나 적시운이 두 수는 빨랐다.
꽝!
올리버의 명치에 작렬하는 천랑섬권.
2미터의 거구가 바닥을 부수며 좌르륵 밀려났다.
"컥……!"
벽면에 부딪히고 나서야 멈춰선 올리버의 입에서 진득한

신음성이 흘러나왔다.

적시운은 주저하지 않고 신형을 쏘았다. 그리고 벽에 처박힌 올리버를 발끝으로 걷어찼다.

올리버의 거체가 기어코 건물 밖으로 떨어져 내렸다.

3

"크허어억!"

올리버는 배를 움켜쥔 채 비명을 토했다. 몸이 추락하는 중이었지만 복부의 격통 때문에 정신을 차리지도 못했다.

'단순한 이능력이 아니다!'

폐쇄 회로 TV로 적시운의 육박전을 관전했을 때에도 크게 놀라진 않았었다. 염동력은 가장 활용성이 높은 이능력. 예컨대 육체에 적당한 방향의 힘을 가해 근력 상승의 효과를 보는 것도 가능했던 것이다.

총알을 튕겨내거나 강철 병기를 찢어발기는 것도 마찬가지. 배리어를 응용하면 얼마든지 가능했다.

적시운이 트리플 B랭크임을 감안하면 그 정도 육박전을 펼치는 것도 이상한 일은 아니었다.

전체적인 육체의 움직임이 놀라울 정도로 균형 잡혀 있었지만, 단순히 전투 경험이 풍부하기 때문이라고 보았다.

그러나 지금, 폐를 찌르는 듯한 격통이 말해주고 있었다. 이 힘은 결코 염동력이 아니라고!

콰광!

"크헉!"

그대로 바닥에 충돌한 올리버가 재차 각혈했다.

단 두 번의 공격에 이런 꼴이라니!

엄밀히 말해 두 번째는 가볍게 차낸 것에 불과했으므로 단 일격에 몸이 박살 났다고 봐야 옳았다.

"끄…… 으……!"

올리버는 간신히 상체를 일으켜 땅을 짚었다.

적시운은 부서진 벽 사이에 선 채 그 광경을 내려다보았다.

"반은 짐승이라 그런지 튼튼하긴 하군."

밀리아조차 일격에 부숴놓았던 천랑섬권이다. 더군다나 이번엔 주먹 끝에 일말의 손속조차 두지 않았다. 두 사람의 랭크가 더블 B로 동일하다는 걸 감안하면 이능력의 차이가 맷집의 격차를 만들었다는 결론이 나왔다.

"버서커가 탱커치고는 방어력이 낮다는 것도 감안해야겠지."

한동안 버둥거리던 올리버가 몸을 일으켰다.

적시운은 훌쩍 뛰어 바닥에 내려섰다.

"너, 너……!"

적시운은 고개를 돌렸다. 대놓고 올리버를 무시하는 행동. 그러나 그 빈틈 앞에서도 올리버는 감히 움직이질 못했다.

적시운이 바라보는 것은 감시 카메라.

"굳이 더 엿보게 할 필요는 없겠지."

퍼퍼퍼펑!

주변의 감시 카메라가 동시다발적으로 폭발했다.

염동력을 거둔 적시운이 고개를 좌우로 꺾었다.

"안 그래?"

"크, 크윽……!"

"이대로 싸우면 죽음뿐이라고 했던가? 참 괜찮은 말이야. 그거, 그대로 돌려주지."

"크아앗!"

돌연 올리버가 포효했다.

뿌드득!

섬유질이 뒤틀리는 소리. 그의 근육이 순간적으로 팽창했다.

웨어비스트의 고유 스킬인 새비지 샤우트(Savage Shout).

본능과 야성을 극대화시킴으로써 힘을 얻는다. 근력과 맷집 상승뿐 아니라 일시적인 고통 마비 효과까지 겸하고 있었다.

무리한 파워 업이었던 듯 몸 곳곳에서 피가 튀어 올랐다.

올리버가 기괴한 소리를 입 밖으로 토했으나 고통 때문은 아니었다. 그는 이미 인간성을 완전히 버린 상태. 입에서 흘러나오는 것은 오로지 야성의 괴음뿐이었다.

"그오오오!"

올리버는 폭주하는 열차처럼 적시운을 향해 쇄도했다.

"흠!"

거리를 벌려 상대할 수도 있다. 잠시 자리를 피해 새비지 샤우트의 약발이 떨어지길 기다릴 수도 있다.

어떤 방식을 택하더라도 적시운이 불리할 것은 없었다.

'그렇다면…….'

적시운은 두 주먹을 맞부딪쳤다. 순수한 육박전, 직접 주먹을 교환하는 쪽을 택하기로 한 것이다.

"와라!"

"그오오오!"

두 개의 포효가 맞부딪쳤다.

주먹과 주먹이 충돌하는 소리가 오래된 폐허를 흔들었다.

"뭐냐! 뭐가 어떻게 된 거냐!"

타이터스가 침을 튀겨가며 소리쳤다.

수십 대의 모니터에 잡히는 것은 노이즈뿐. 그나마 멀쩡한 것들은 엉뚱한 장소만을 촬영하고 있었다.

타이터스를 비롯한 요원들이 확인할 수 있었던 사실은 극히 일부에 불과했다.

적시운과 올리버가 조우, 짧은 시간 동안 대화를 나누었다. 올리버가 발신기를 꺼놓은 까닭에 대화 내용은 알아들을 수 없었다.

결국 두 사람의 표정만으로 상황을 유추해야 했다. 열성적으로 말을 늘어놓던 올리버가 돌연 흥분했고, 근육을 부풀리며 덤벼들었다.

적시운은 곧장 바로 옆의 건물로 도피했고 올리버가 뒤쫓았다. 그리고 약간의 시간이 흐르고, 올리버가 건물 바깥으로 튕겨 나왔다.

그것이 끝.

타이터스와 요원들이 확인할 수 있었던 상황은 거기까지였다. 그 직후에 감시 카메라가 모조리 먹통이 되어버린 것이다.

"빌어먹을 자식!"

적시운, 그 개자식이 죄다 터뜨려 버린 게 분명했다.

타이터스는 초조함과 노기를 감추지 못한 채 손끝을 씹었다.

올리버가 걱정되진 않았다. 오히려 놈을 죽여준다면 적시운의 신발 바닥이라도 핥을 수 있었다.

'하지만……!'

그것도 어디까지나 적시운이 얌전히 죽어줄 때의 일이었다. 매카시의 분노가 자신에게 향하지 않을 때의 일이었다.

만약 놈이 올리버를 쓰러뜨리고 달아나기라도 한다면?

매카시의 분노는 고스란히 타이터스의 몫이 될 터였다.

"제기랄!"

타이터스는 벽을 탕 치고서 말했다.

"모데카이, 베넷! 나를 따라와라."

"어쩔 생각인데, 타이터스?"

"뻔한 것 아니냐? 놈이 달아나지 못하게 퇴로를 차단한다!"

지명당한 두 요원, 모데카이와 베넷이 서로를 돌아봤다.

"매카시 님의 명령도 없이 가겠다고?"

"명령 기다리다가 놈을 놓치면 그 뒷감당은 우리 몫이다. 그래도 좋나?"

"그건……."

"역시 좀 아니지."

떨떠름해하면서도 두 요원은 자리에서 일어섰다. 어차피 적시운을 상대하는 건 매카시의 몫. 그들이야 적당히 싸우며 적시운의 두 발을 묶어두면 그만이었다.

"소총수는 얼마나 데려가지?"

"절반!"

타이터스의 대답에 모데카이가 움찔했다.

"절반씩이나?"

"그래, 기간틱 아머도 10대 가져간다!"

인간 한 명을 말살하기 위해서라고 해도 지나친 감이 있는 숫자. 더군다나 그들의 목적은 말살도 사살도 아닌 교착 상태 구축에 불과했다.

"고작 한 놈 발을 묶자고 G.A를 10대나 가져가겠다고?"

"놈을 지원하는 병력이 있을지도 모른다. 게다가 놈은 매카시 님의 추격마저 따돌린 전적이 있다. 결코 허투루 볼 상대가 아냐."

"으음."

"알았다."

두 요원이 병력을 소집하러 가는 동안 타이터스는 매카시의 방을 찾았다. 역시 그에게 말하지 않고서 출격하는 것은 저어되었던 것이다.

매카시 또한 방 안의 모니터를 응시하고 있었다. 힐끔 보니 지휘실과 마찬가지로 노이즈만 지직거리고 있었다.

"매카시 님, 말씀드릴 것이……."

"알고 있다. 먼저 가서 놈의 발을 묶어두도록. 나도 곧 뒤따라가지."

"예!"

타이터스가 밝아진 얼굴로 방을 나섰다.

그와 반대로 매카시는 어두운 얼굴로 모니터를 노려봤다.

"적시운."

그 또한 여타 요원들과 마찬가지로 폐쇄 회로상의 화면만을 보았다.

다른 이들은 그냥 넘겼을지도 모르지만, 그는 마지막에 건물에서 추락하던 올리버의 표정을 똑똑히 뇌리에 새겼다. 그것은 분명 고통에 신음하는 자의 얼굴이었다.

"놈에겐 분명 숨겨둔 한 방이 있다."

매카시의 뇌전으로도 비슷한 타격을 가할 수는 있을 것이다. 하지만 그것은 매카시가 A랭크, 인외의 레벨에 다다른 존재이기 때문이었다.

적시운의 이능력 등급은 BBB. 짧은 시간 동안 BB랭크의 웨어비스트를 격통으로 몰아넣을 수준은 결코 아니었다.

"게다가……."

그날, 놈은 커럽티드 울프 부부를 해치운 이후에도 어렵잖게 매카시의 추격을 따돌렸다.

"이능력 외의 뭔가가 더 있는 게 분명하다. 그게 아티팩트가 됐든 특별한 무기가 되었든!"

그것을 알아내기 전엔 신중을 기할 필요가 있었다. 자기 힘만을 믿고 나대다가 죽은 이를 수도 없이 보아온 매카시이기에.

A랭크 이능력자라 해도 결국은 인간. 방심하고 있을 때 탄환에 두개골을 꿰뚫리면 죽을 수밖에 없었다.

"나는 결코 방심하지 않는다."

그렇게 중얼거린 매카시가 방 밖으로 향했다. 감시 카메라가 엉망이 된 이상 다른 방식으로 상황을 관측해야 했다.

'오른 주먹은 허초, 놈이 정말로 노리는 것은 왼쪽 무릎치기다.'

부웅!

엔진 소리 같은 굉음을 내며 올리버의 오른팔이 허공을 갈랐다. 회피를 위해 자세를 낮춘 적시운의 인중을 향해 거대한 무릎이 쇄도했다.

'그렇다면 대응책은?'

적시운은 왼편으로 몸을 비틀었다. 동시에 무릎보다 약간 위의 허벅지, 대퇴사두근을 향해 왼쪽 팔꿈치를 내려찍었다.

쩌억!

근섬유가 찢겨 나가는 섬뜩한 소리.

광기로만 가득 차 있던 올리버의 얼굴이 하얗게 질렸다.

"크……!"

적시운은 왼발을 축으로 회전, 올리버의 복부를 오른쪽 팔꿈치로 찍었다.

잇따른 강격에 올리버의 거구가 주르륵 밀려났다.

가격당한 다리에 힘이 풀린 듯, 적시운을 노리던 무릎이 땅에 맞닿았다.

기세를 탄 이상 멈출 이유는 없었다. 적시운은 그대로 달려가 올리버의 허벅지를 밟고는 그대로 관자놀이를 무릎으로 후려쳤다.

콰직!

두개골을 꿰뚫고 대뇌를 뒤흔드는 일격.

올리버의 눈에 초점이 풀렸다. 가까스로 손을 짚어 고꾸라지는 것은 막았으나 그 이상의 대처를 하지는 못했다. 이미 반쯤은 의식이 날아간 뒤였던 것이다.

적시운은 주먹을 그러쥐고 내력을 집중했다.

두 번째 천랑섬권.

급소에 꽂으면 그대로 절명일 터였다.

그때 펼쳐 두었던 염동력 감지망이 요동쳤다. 이능력자가 감지망 내로 들어섰을 때의 느낌이었다.

'제법 많은 숫자.'

다수의 소총수와 이능력자 셋. 추가로 기간틱 아머까지 곁들여져 있었다.

매카시의 존재는 느껴지지 않았다. 아마도 아직 상황의 추이를 지켜보고 있을 터였다.

'교활한 놈. 자기는 끝까지 간을 보겠다는 건가?'

[그만큼 자네를 경계하고 있다는 뜻이지. 어쨌든 주의해 두는 게 좋을 것 같군. 그자의 능력은 꽤나 성가셔 보였어.]

'전기를 다루는 놈이니까. 속도 면에선 나를 훨씬 상회하고 있다고 봐야지.'

[흐음, 벼락을 다룬단 말이지. 어쨌든 저것들은 어찌할 텐가?]

적시운은 체내에 남아 있는 내력을 살펴봤다. 여전히 적지 않은 양이 남아 있기는 했지만…….

'저 녀석들까지 상대하고 나면 조금 위태로울지도.'

[그렇다면 답은 정해졌구먼.]

'그러게.'

적시운은 올리버를 손끝으로 살짝 밀었다. 겨우 버티고만 있던 육체가 장난감처럼 뒤로 넘어갔다.

'지금 끝내 버리는 게 나으려나?'

[찝찝하면 관두지 그러나? 그래도 다른 인간들과는 달리 신의를 아는 사내 같은데.]

'흐음.'

잠시 고민하던 적시운은 주먹을 거두었다.

"어차피 다시 상대한다고 해도 두려운 녀석은 아니니까."

중얼거리는 사이 추격자들이 시야에 들어왔다.

타앙!

제법 먼 거리에서의 사격. 그런데도 용케 적시운의 바로 옆을 스치고 지나갔다.

"저격수도 섞여 있는 모양이지?"

작게 중얼거린 적시운이 그대로 몸을 돌려 신형을 날렸다.

"잡아라! 놈을 놓쳐선 안 된다!"

쿠르르르!

타이터스의 고함은 군용 트럭의 엔진 소리에 묻혔다. 그래도 대강 뜻은 이해한 듯, 운전수가 액셀을 밟은 발에 힘을 가했다.

두 대의 트럭과 10대의 기간틱 아머가 적시운의 뒤를 따라 폐허를 가로질렀다.

to be continued

스킬의 제왕

이형석 퓨전 판타지 장편소설

인간군 검병2부대 소속, 강무열.
과거로 돌아오다.

검과 마법, 그리고 정령까지.
인류가 염원하는 그 힘을 얻을 방법이 내 기억 속에 남아 있다.
미래의 스킬을 아는 자.

후회의 전생을 딛고 신의 땅에서
인류의 멸망을 막기 위해
제왕이 되고자 일어서다!

"이제 내가 권좌에 오르겠다."